Jade McQueen

THE DIAMOND GUYS

Liam

Umschlaggestaltung: Jade McQueen unter Verwendung
eines Motivs von © dbelashova / Shutterstock

ISBN 978-1508685678

www.facebook.com/TheDiamondGuysSeries

Prolog

Liam Parker stöhnte.

Genau genommen war es weniger ein Stöhnen als ein Knurren, das an einen gereizten Bären erinnerte und jeden Abend um genau dieselbe Zeit zu hören war – nämlich dann, wenn Liam den letzten Knopf seiner Uniform schloss. Dieses Teil war einfach verflucht unbequem: Der Hemdkragen schnürte ihm die Luft ab, unter dem dicken Stoff begann er schon nach wenigen Minuten zu schwitzen, und der Schlagstock geriet ihm immer wieder zwischen die Beine.

Mit einer genervten Handbewegung rückte Liam seine Kappe zurecht und betrachtete sich im Spiegel. Dabei versuchte er sich zum wohl hundertsten Mal klarzumachen, dass sein Job weit mehr Unannehmlichkeiten beinhaltete als ein lästiges Outfit. Polizist zu sein, war eine verantwortungsvolle Aufgabe, und die Menschen erwarteten von ihm, dass er eine natürliche Autorität ausstrahlte. Allerdings ließen ihn die wirren braunen Haarsträhnen unter dem Schirm der Kappe noch etwas jünger wirken als seine 26 Jahre, und der Ausdruck seiner türkisblauen Augen hatte nichts mit Autorität zu tun.

Er wirkte einfach nur angepisst.

Widerwillig löste sich Liam von seinem Spiegelbild und verließ mit stampfenden Schritten den Raum. Bei dieser Gangart erzeugten seine schweren Stiefel ein ziemliches Gepolter, aber das wurde von der restlichen Geräuschkulisse übertönt. Obwohl sich zwischen Liam und seinem Einsatzort noch eine eiserne Tür befand, schmerzten ihn die Schreie bereits jetzt in den Ohren. Es klang nach mindestens hundert Personen, die völlig außer sich sein mussten. Unwillkürlich fasste Liam an den Griff des Schlagstocks, ehe er die freie Hand nach der Klinke ausstreckte.

In der nächsten Sekunde flog die Tür auf, und zusammen mit einem Schwall Hitze und Lärm schoss eine schlanke Gestalt auf den Flur. Liam machte gerade rechtzeitig einen Satz zur Seite, aber der andere ließ trotzdem seinen Arztkoffer fallen – und zwar punktgenau auf Liams rechten Fuß.

Offensichtlich waren die Stiefel doch nicht massiv genug.

„Scheiße, Troy", fluchte Liam, dem Zusammentreffen dieser Art keineswegs fremd waren. „Versuchst du dich gerade an einer spontanen Amputation?"

„Sorry, Alter." Der Angesprochene hob den Koffer auf und wischte sich ein paar Schweißperlen von der Stirn. „Da drin ist der Teufel los. Wird echt Zeit, dass Verstärkung anrückt."

„Jetzt bin ich ja da", gab Liam unwirsch zurück. „Ich bringe die schon unter Kontrolle."

„Und da bist du dir so sicher, Deputy Handsome?", feixte Troy, was Liam mit einem Schnauben quittierte. Natürlich fühlte er sich seiner Sache sicher. Vielleicht brachte er an manchen Tagen nicht ausreichend Begeisterung für seinen Job auf, aber trotz allem wusste Liam Parker, was er wert war. Noch einmal rückte er die vermaledeite Kappe zurecht, danach schob er sich an seinem Kollegen vorbei durch die Tür.

Im ersten Moment wirkten die grellen Lichter der Scheinwerfer wie ein Schlag ins Gesicht. Liam musste blinzeln – als wäre er ein blutiger Anfänger! –, ehe er den ersten Schritt nach vorne trat. Sein Blick huschte über die vollbesetzten Stuhlreihen hinweg bis zum Mischpult, wo der DJ einen gewagten Mix aus D'n'B-Rhythmen und Lil Waynes *Mrs. Officer* produzierte. Das folgende Kreischen ließ keinen Zweifel daran, dass die Botschaft beim Publikum angekommen war: Jede der Frauen schien genau das zu wollen, was der Song versprach.

Put me in handcuffs, start rippin' my pants off …

Obwohl sich Liam nur schlendernd fortbewegte, die Daumen in seinen Waffengurt gehakt, hatte er inzwischen den Rand der Bühne erreicht. Wieder rutschte ihm die Kappe in die Stirn, aber diesmal kam ihm das gerade recht. Aus dem Schatten ihres Schirms schaute er auf die erhitzten Frauengesichter hinunter, wartete, bis das Klatschen und Jubeln einen ungeduldigen Klang angenommen hatte – und dann, endlich, löste er den obersten Knopf seines Hemdes.

Es stimmte, dass die Uniform verdammt unbequem war. Aber ein Gutes hatte die Sache: Liam wurde dafür bezahlt, sie schnell wieder loszuwerden.

***

Kaum zu glauben, wie sehr sich ein Raum von einer Stunde auf die andere verändern konnte. Bloß ein paar zerbrochene Champagnergläser und zerknitterte Dollarnoten erinnerten noch an all die Frauen, die den Club um zwei Uhr morgens verlassen hatten. Die Musik war verstummt, und der paillettenbesetzte Bühnenvorhang, der im Scheinwerferlicht wie Millionen Diamanten geglitzert hatte, wirkte im Halbdunkel seltsam matt. Eine einzelne Glühbirne brannte über der Bar, an der sich die Jungs ein paar Gläser Whiskey gönnten. Die meisten hatten im Backstage-Bereich geduscht und sich umgezogen; nur Troy trug noch seinen offenen Arztkittel über einem lila Tanga und erinnerte in dieser Aufmachung mehr denn je an eine lebensgroße Ken-Puppe.

„Hey, Dr. Feelgood!“ Liam ließ ein Whiskeyglas über den Tresen schlittern. „Verdoppelst du mal meine Dosis?“

Instinktiv hatte Troy den Blick auf eine riesige Spritze gerichtet, die aus seiner Kitteltasche ragte, und grapschte daher zu spät nach dem Glas. Es sauste an ihm vorbei und wäre wohl am anderen Ende des Tresens zerschellt, wenn sich nicht in letzter Sekunde eine sehnige Hand darum geschlossen hätte.

„Möchte wissen, was es hier zu feiern gibt“, durchbrach eine kalte Stimme das plötzlich eingekehrte Schweigen. „Oder versucht ihr euch eure Leistungen im Nachhinein schön zu saufen?“

Niemand wagte zu antworten, aber alle Augen waren nun auf den Mann im Anzug gerichtet, der sich der Runde unbemerkt genähert hatte. Jason Donegal, von jedem nur Mr. D genannt, schien die Fähigkeit des Beamens zu beherrschen: Wann immer sich seine Diamond Guys ein wenig gehen ließen, tauchte er wie aus dem Boden gewachsen vor ihnen auf und nahm sie wieder an die Kandare.

„Wisst ihr, was an der heutigen Show so richtig geil war?“, blaffte der Clubbesitzer, während er einen nach dem anderen mit seinem eisigen Blick aufspießte. „Gar nichts! In sechzehn Tagen ist der erste Freitag im Quartal, und euch ist hoffentlich klar, was das bedeutet …?!“

Die Jungs verdrehten die Augen – mit Ausnahme von Troy, der einen Arm in die Luft reckte und auf den Fußballen wippte wie ein übereifriger Grundschüler.

Jeder von ihnen wusste, was das bedeutete. Jede Frau zwischen 21 und 51 Jahren in der Umgebung wusste, was das bedeutete. Ja, Liam war sich sogar ziemlich sicher, dass sämtliche biederen Sekretärinnen und Hausfrauen mit Betonfrisur insgeheim das Datum im Kalender rot anstrichen.

An diesem speziellen Freitag stieg die Sparkling Night im Diamond Club. Es war zugleich die Nacht der frustrierten Ehemänner, die es auch mithilfe von Ryan-Gosling-DVDs und Schokoladeneis nicht schafften, ihre Frauen zum Daheimbleiben zu bewegen. Jedes Mal reichte die Schlange vor dem Club um den ganzen Block, weil an diesem Abend mehr Champagner floss und noch gewagtere Nummern vorgeführt wurden als sonst.

Aber genau dieser Umstand bereitete Mr. D offenbar Sorgen.

„Das gilt vor allem für dich, Liam! Du kannst nicht auf die Bühne gelatscht kommen, als wäre die Begeisterung unserer Gäste selbstverständlich", schimpfte er, und sein typisch stoischer Gesichtsausdruck machte einer wütenden Grimasse Platz. „Wir sind hier nicht in einem Schwulenclub, alles klar? Die Ladies geben sich nicht damit zufrieden, deinen tangaverhüllten Schwanz sehen zu dürfen. Sie wollen einen Strip wie ein Hauben-Menü, und du servierst ihnen einfach nur Fast Food!"

„Aber", wandte Liam mit einem Blick nach unten ein, „es ist verdammt nochmal ein Big Mac."

Das aufflackernde Gelächter riss gleich wieder ab, als sich Mr. Ds Augenbrauen unheilverkündend zusammenschoben. Der Boss der Diamond Guys war zwar erst knapp über vierzig, schaffte es aber dennoch, die muskelbepackten Stripper in einen Haufen kleinlauter Schuljungen zu verwandeln. Seit der Eröffnung des Clubs vor vier Jahren regierte er die Truppe mit unnachgiebiger Strenge und kannte kein Pardon, wenn es um die Einhaltung seiner Regeln ging. Drogen und Alkohol waren vor der Show absolut tabu, ebenso wie ein respektloser Umgang mit den weiblichen Gästen. Außerdem hatte sich Mr. D seit seiner Jugend nach oben gearbeitet und zeigte deshalb nicht das geringste Verständnis für Faulheit.

„Zu schade, dass du mit deinem Körper nicht so kreativ umgehen kannst wie mit deiner Schnauze", schoss er zurück und brachte damit Liams selbstgefälliges Grinsen zum Verblassen. „Andernfalls wären deine Auftritte vielleicht etwas prickelnder als eine Dokumentation über die Fortpflanzung von Fadenwürmern!"

„Schon gut, schon gut. Ab morgen präsentiere ich dir einen Cop, von dem sich jedes Mädel freiwillig ins Kittchen stecken lässt, okay?"

„Das genügt mir nicht", wehrte Mr. D ungnädig ab. „Ich erwarte von euch allen, dass ihr euch während der nächsten zwei Wochen etwas ganz Besonderes überlegt, kapiert? Für die kommende Sparkling Night hat sich ein spezieller Gast angekündigt. Wer es ist, tut nichts zur Sache, aber ich verrate euch so viel: Wenn diese Zuschauerin den Abend positiv bewertet, könnte das enorme Publicity für unseren Club bedeuten. – Und jetzt bewegt eure müden Ärsche hier raus, ich will zusperren!" Mit einer genervten Handbewegung scheuchte Mr. D seine Jungs in den Backstage-Bereich, wo sie ihre Sachen zusammenpackten.

„Oh Mann, was hat dem denn die Stimmung verhagelt", murrte Liam, während er sich vergeblich bemühte, seine Uniform knitterfrei zu falten. „So mies gelaunt war der doch seit dem Schokosoßenflop vor einem halben Jahr nicht mehr."

„Oder dem allergieauslösenden Glitter vor drei Monaten", gab Fynn zu bedenken, der gleich neben Liam seine Sporttasche einräumte. Die beiden waren so unterschiedlich wie Tag und Nacht – der eine zurückhaltend und vernünftig, der andere … weniger. Gerade deshalb ergänzten sie einander perfekt. „Du wirst schon sehen, der kriegt sich bald wieder ein."

„Vielleicht braucht er mal wieder was zum Flachlegen", ertönte es spöttisch von der anderen Seite des Raumes.

Liam, der gerade seinen Schlagstock in einem Spind verstaut hatte, drehte sich stirnrunzelnd um. In seinem Inneren kämpften zwei Bedürfnisse miteinander: erstens die Lust, etwas zu seinem Lieblingsthema *Flachlegen* beizutragen, und zweitens die Loyalität gegenüber seinem Boss. Schließlich gewann Letzteres die Oberhand, was sicher auch daran lag, dass er den Urheber des Kommentars nicht ausstehen konnte.

„Vielleicht solltest du einfach mal die Klappe halten, Rick?", schlug er vor. Dabei musterte er herablassend den bärtigen Mann mit den stahlgrauen Augen, der den Spitznamen *The Viking* trug. Im Grunde kamen die neun Diamond Guys gut miteinander aus, nur Rick schien den anderen mit Vorliebe auf den Schlips zu treten.

Jetzt schenkte er Liam ein süffisantes Lächeln. „Oh, von mir aus kann sich unser Mr. D gerne weiterhin ausschließlich an Papierscheinchen aufgeilen. Das bedeutet allerdings auch, dass er verdammt angepisst auf denjenigen sein wird, der ihm die nächste Sparkling Night vermasselt. Und ich bezweifle, dass sich Selena Sullivan von einer lahmarschigen Polizisten-Performance imponieren lässt …"

„Warte mal", schaltete sich Fynn ein, noch bevor Liam etwas erwidern konnte, „meinst du etwa *die* Selena Sullivan? It-Girl Schrägstrich Model Schrägstrich Muse von … diesem dürren Opa mit Sonnenbrille?“

„Karl Lagerfeld“, sagte der hellblonde Angelo hilfsbereit und brachte die Unterhaltung dadurch kurzzeitig ins Stocken. Allen war klar, dass der dürre Opa mit Sonnenbrille Karl Lagerfeld hieß – es hätte bloß niemand zugegeben. Genauso, wie sonst keiner bemerkt hätte: „Hey, mein lindgrüner Eyeliner kommt echt gut zu diesem Hemd.“ Aber das war eben Angelo.

„Ja, ganz recht“, bestätigte Rick nach einer kleinen Pause. „*Die* Selena Sullivan. Wie ich gehört habe, feiert eine ihrer Freundinnen Junggesellinnenabschied im Diamond Club. Deswegen schiebt der Boss wohl auch solche Panik, schließlich bekommt man nicht oft die Chance, die größte Trendsetterin gleich nach dieser Miley-Göre zu beeindrucken. Eine einzige positive Erwähnung von Selena auf Twitter ist pures Gold wert.“

„Und du bildest dir ein, sie dazu bringen zu können?“, fragte Liam gedehnt. Insgeheim musste er zugeben, dass die Frauen ziemlich auf Rick abfuhren – das lag wohl an dieser Mischung aus Arroganz und Bedrohlichkeit, die er verströmte. *Versteh einer die Weiber.*

Unglücklicherweise war sich Rick seiner Ausstrahlung nur allzu bewusst. „Schon möglich, wenn ich es schaffe, sie auf die Bühne zu holen. Oder meinst du, dass du eher das Zeug dazu hättest, Parker? Als Deputy Handsome, den man problemlos auf eine Sweet-Sixteen-Party einladen könnte – unser aller Freund und Helfer?"

„Ich helf dir gleich …", fing Liam liebenswürdig an, aber Fynn rammte seinem Kumpel den Ellenbogen in die Seite und brachte ihn so zum Schweigen. Schlägereien hinter der Bühne waren verboten (übrigens auch *auf* der Bühne, ein Nachsatz, den Mr. D dieser Regel eigens wegen Liam und Rick beigefügt hatte).

Mit offensichtlicher Genugtuung beobachtete Rick, wie die Kiefer seines Gegenübers mahlten. Dann, ganz langsam, machte sich ein lauernder Ausdruck auf seinem scharf geschnittenen Gesicht breit. „Willst du es gerne drauf ankommen lassen? Wie wäre es denn mit einer Wette, wer von uns beiden es schafft, Selena Sullivan auf die Bühne zu locken?"

„Und was würde dabei herausspringen?"

„Tja, zum einen hätte derjenige dann *Selena Sullivan auf der Bühne*", sagte Rick und zwang Liam damit zu einem Nicken. Selena war hot, da gab es nichts zu diskutieren; nicht einmal mit einem Idioten wie Rick Bergman. „Und zum anderen kriegt der Sieger sämtliche Einnahmen des Verlierers aus der Sparkling Night."

Liam pfiff leise durch die Zähne. „Du weißt, dass das mehr als ein durchschnittlicher Wochenverdienst wäre?"

„Allerdings. Also, was ist? Bist du dabei?"

Fynns Ellenbogen war bereits angewinkelt – hatte die Rippen seines Kumpels fast getroffen –, da streckte Liam auch schon die Hand aus und schlug ein.

„Abgemacht. Möge der Bessere gewinnen, Bergman."

„Mach es mir nicht zu einfach, Parker", entgegnete Rick, ehe er aus dem Umkleideraum marschierte.

Sobald er außer Hörweite war, stieß Fynn einen tiefen Seufzer aus. „Ob das so eine gute Idee war?"

„Du glaubst, dass ich die Wette verlieren könnte? Gegen *The Viking,* ernsthaft?" Liam zog einen Mundwinkel hoch. „Das wage ich zu bezweifeln."

„Es geht hier aber nicht nur ums Aussehen, Alter. Selena ist umgeben von Models und Toyboys, schon vergessen? Die lässt sich nicht von einem Gesicht beeindrucken, egal wie hübsch es auch sein mag."

„Danke."

Fynn schnitt eine Grimasse. „Liam, ich meine das wirklich ernst. Wenn du Rick in der Sparkling Night übertrumpfen willst, musst du einen genialen Act einstudieren. Etwas, das dich von den anderen unterscheidet. Kriegst du das hin?"

„Mach dir darüber mal keine Sorgen. Ich werde nicht zulassen, dass Rick mich aufs Kreuz legt …", Liam driftete in Gedanken ab und tauchte mit einem beinah jungenhaften Grinsen wieder auf, „… oder auch Selena Sullivan. Das werde ich auf jeden Fall verhindern, darauf kannst du Gift nehmen. Alles, was ich brauche, ist ein klein wenig Inspiration."

1. Kapitel

Wer auch immer den Barhocker erfunden hatte, musste ein strikter Anti-Alkoholiker gewesen sein. Anders konnte ich mir die Existenz dieses Möbelstücks einfach nicht erklären: Warum zum Teufel sollte man einen Meter über dem Boden thronen wollen, während sich der ganze Raum um einen dreht?

Vorsichtshalber hakte ich meine Füße um die Stuhlbeine und klammerte mich an meinen Vodka Tonic, als wäre er mein engster Vertrauter – was schon irgendwie ironisch war, wenn man bedachte, was er mir an diesem Tag bereits eingebrockt hatte.

„Meinst du nicht, dass es allmählich genügt?“, fragte Katie im selben Moment, als hätte sie meine Gedanken gelesen. Ich wandte den Kopf, um zu überprüfen, ob sie mich mit derselben Herablassung anschaute wie Miss Devinsky heute Morgen, aber stattdessen fand ich in ihren dunklen Augen nur Besorgnis und Mitleid.

„Ist doch jetzt auch schon egal“, murmelte ich, was meine beste Freundin und WG-Partnerin über die laute Musik hinweg unmöglich verstehen konnte. Als ich jedoch die Hand hob, um dem Barkeeper einen neuerlichen Wink zu geben, schlug mir Katie blitzschnell auf die Finger.

„Ehrlich, Rayne, ich habe keine Lust, dich nach Hause zu tragen!“ Sie funkelte mich so eindringlich an, als wollte sie mich hypnotisieren. Dabei hielt sie sich kerzengerade auf ihrem Hocker, und das, obwohl ihre Füße genau wie meine nicht bis auf den

Boden reichten. Was Statur sowie Augen- und Haarfarbe betraf, hätte man Katie und mich glatt für Schwestern halten können; mit dem feinen Unterschied, dass sie ihr langes braunes Haar zu einem hübschen Knoten hochgesteckt trug. Meine Frisur hingegen befand sich in einem fortgeschrittenen Stadium der Auflösung, passend zu meiner restlichen Erscheinung.

„Ich h...hab ja ganz vergessen, das Kostüm zurückzugeben“, stellte ich reichlich spät fest und blickte an meinem weiten bauchfreien Top und den Hotpants hinunter. Schwarz und Purpurrot, die Farben der Sharks aus der *West Side Story.* Gestern noch meine Arbeitskleidung, waren die Sachen jetzt nichts weiter als Souvenirs. Mühsam kämpfte ich gegen den Kloß an, der sich wieder in meiner Kehle bildete, aber ohne die Unterstützung eines Drinks hatte ich keine Chance, ihn herunterzuschlucken. Ebenso wenig wollte es mir gelingen, die Szene im Proberaum aus meinen Gedanken zu vertreiben:

„Wir haben auf dich gewartet“, hatte Miss Devinsky gesagt, kaum dass ich auf unsicheren Beinen durch die Tür getorkelt war. Trotz meines Hangovers war mir die Seltsamkeit dieses Kommentars nicht entgangen – natürlich musste die Truppe auf mich warten, schließlich spielte ich die weibliche Hauptrolle. Ohne Maria keine *West Side Story*, das stand ja wohl fest. Und daran änderte sich auch nichts, wenn besagte Maria zu spät zur Probe kam, nachdem sie eine einsame Nacht mit fünf Cocktails zu viel und fünf Stunden Schlaf zu wenig verbracht hatte.

Aber die Leiterin des Ensembles ließ mich nicht lange im Ungewissen. „Mach dir gar nicht erst die Mühe“, stoppte sie mich, als ich mit meinen Dehnübungen an der Stange beginnen wollte. „Das war jetzt das letzte Mal, dass wir zittern, ob Fräulein Adams zur Probe erscheinen wird oder nicht. Ab heute bist du nicht länger Mitglied der *Miami Motion Company*.“

Im Nachhinein musste ich zugeben, dass sie sich wohl kaum noch klarer hätte ausdrücken können. Trotzdem hatte es eine Weile gedauert, bis der Sinn ihrer Worte zu mir durchgedrungen war, und das lag sicher nicht nur an meinen 0,8 Promille Restalkohol. „Sie schmeißen mich raus? Aber – aber ich bin doch die Leadtänzerin!“

„Glaub mir, es bereitet mir kein Vergnügen, so kurz vor der Uraufführung die Besetzung zu wechseln.“ Ehrliches Bedauern hatte in Miss Devinskys Stimme mitgeschwungen, aber dadurch wurde die Situation nur noch schlimmer. Das machte alles erst wirklich real. „Ich habe immer gehofft, dass du deine Impulsivität dazu nutzen würdest, deiner Arbeit mehr Ausdruck zu verleihen“, hatte sie weitergeredet und die drahtigen Arme vor ihrem Strickbolero verschränkt. „Doch diese Hoffnung habe ich inzwischen aufgegeben. Eine Truppe ist nur so stark wie ihr schwächstes Glied, und eine Person, die so unberechenbar und labil ist wie du, können wir nicht gebrauchen. Jeder ist ersetzbar, tut mir leid.“

Sie hatte unmöglich ahnen können, wie sehr sie mit ihrem letzten Satz ins Schwarze traf. Katie allerdings hatte erschrocken die Hand auf den Mund gelegt und dadurch bewiesen, dass sie mit der Rolle der Anita nicht nur im Stück meine beste Freundin spielte – korrigiere: gespielt hatte. Vermutlich war ihr bereits nach dem ersten Blick klargewesen, wer an meiner schlechten Verfassung die Schuld trug und warum es ihr nicht gelungen war, mich am Morgen wachzubekommen. Immerhin hatte sie mich nun schon mehrere Male so erlebt: Zum Beispiel im vergangenen Jahr, als ich von Phils Affäre mit seiner Arbeitskollegin Rachel Van Thyne erfahren hatte. Oder vor vier Monaten, nachdem ich ihm alles verziehen und ihn zurückgenommen hatte, nur um kurz darauf von ihm abserviert zu werden. Rachel hatte sich dazu entschlossen, ihm noch eine Chance zu geben, wenn er sich ganz für sie entschied; und er hatte mich prompt fallengelassen wie eine heiße Kartoffel.

Und dann, folgerichtig, war gestern die Einladung bei mir eingetrudelt. Oder besser gesagt aufgepoppt – nämlich verdammt nochmal auf Facebook. Das waren vier Jahre Beziehung also wert: *Philipp Campbell hat dich zu seiner Veranstaltung „Phils und Rachels Hochzeit" eingeladen.*

So viel Vodka Tonic konnte ich gar nicht trinken, wie ich deswegen kotzen wollte.

Abermals bewies Katie ihr Talent zum Gedankenlesen, als sie mich nun am Arm packte und von der Bar wegzog. „Komm, lass uns heimfahren. Was du nach den vergangenen 24 Stunden brauchst, ist eine ordentliche Portion Schlaf."

„Oder ein Auftragskiller", murmelte ich und stolperte neben meiner Freundin her. Noch ehe wir den Ausgang erreicht hatten, stellte sich uns ein schlaksiger Typ mit zurückgegelten Haaren in den Weg.

„Du willst doch nicht wirklich schon gehen, oder?" Er riss in gespieltem Entsetzen die Augen auf. „Mach mich nicht unglücklich, Schönste!"

Katie ließ meinen Arm los und schaute mich verunsichert an. Offenbar fürchtete sie sich vor meiner Reaktion, aber ihre Sorge war absolut unbegründet – ich hatte nun wirklich keine Lust auf einen Kerl, der mir schmierige Komplimente machte. Gegen meinen Willen drängte sich wieder die Erinnerung an Phil in meine Gedanken: Selbst in der Zeit, als er mich betrogen hatte, war er ein vollendeter Charmeur gewesen.

„Sorry, ich muss los", sagte ich ausweichend, was der Typ mit einer bedauernden Grimasse quittierte.

„Schade. Aber wenn du nichts mit mir trinken willst, was ist dann mit deiner Freundin?"

„Ich begleite sie nach Hause", wehrte Katie ab, doch ich konnte ihr ansehen, dass es sie Überwindung kostete. Auf einmal regte sich in mir das schlechte Gewissen – ich war heute eine ähnlich angenehme Gesellschaft für sie gewesen wie ein Dementor mit PMS.

„Ist schon gut, ich komme zurecht", behauptete ich und gab Katie gar keine Gelegenheit, etwas zu erwidern. Ohne darüber nachzudenken, wandte ich mich ab und drängte mich durch die Menschenmenge. Erst als mich meine Beine zielstrebig zur Tanzfläche trugen, wurde mir klar, worauf mein Körper reagierte: Der Rhythmus hatte sich in mein Bewusstsein geschlichen, so wie das Summen eines Weckers in tiefen Schlaf. Nun aber breitete er sich mit jedem Schlag weiter aus, fraß sich durch meine Adern, ergriff die Kontrolle über meinen Puls. Die Bässe brachten meinen Magen zum Vibrieren. Ich legte meine Hand dorthin, auf die Stelle unter meinem kurzen Top, wo sich meine Wut und meine Niedergeschlagenheit mit jeder Menge Vodka Tonic zusammenballten. Für einen Moment stand ich erstarrt inmitten der tanzenden Menge. Dann, wie aus einem Instinkt heraus, begann ich mich zu bewegen.

Es war fast zu viel des Guten, dass der Song auch noch den passenden Titel trug: *Lose yourself.* Ich startete mit der Choreografie meiner letzten Rolle, schleuderte die Figuren nur so auf die Tanzfläche, als müsste ich sie endgültig aus meinem System kriegen. *West Side Story* kombiniert mit Streetdance, diese Idee hatte ich von Anfang an genial gefunden. In der ursprünglichen Fassung des Musicals hätte ich mich nie mit Maria identifiziert, diesem süßen puertoricanischen Mädchen, das vor dem Spiegel *I feel pretty* trällerte. Mithilfe der modernen Inszenierung wäre es mir jedoch sicher gelungen, sie als richtiges Bandenmitglied zu präsentieren – taff und impulsiv. Es hätte die Rolle meines Lebens werden können. Scheiße, warum hatte ich das nur verbockt?

Ich merkte es kaum, als ich die festen Bewegungsabläufe verließ und mit einer Improvisation loslegte. Irgendwo in meinem Hinterkopf erinnerte mich eine mahnende Stimme daran, dass ich vorhin nur noch mühsam hatte laufen können. In meinem Zustand eine Breakdance-Nummer aufzuführen, war völlig verrückt. Trotzdem schien es das Einzige zu sein, was mir jetzt noch übrigblieb: Ich befand mich im freien Fall, und sobald ich innehielt, würde ich unweigerlich am Tiefpunkt ankommen. Also drängte ich den Gedanken beiseite und feuerte meine restliche Energie stattdessen in ein paar Swipes. Während ich um meine eigene Achse rotierte, kümmerte ich mich nicht um mögliche Scherben auf dem Fußboden, an denen ich mir die Handflächen hätte zerschneiden können. Oder darum, dass ich inzwischen bestimmt die Aufmerksamkeit des halben Clubs auf mich gezogen hatte. Meine Haare peitschten mir ins Gesicht, meine Muskeln schmerzten vor Anstrengung, und ich fühlte mich beinahe *gut* – doch der Körper macht nur soundso viele Powermoves mit, ehe er kapituliert. Der Song ging zu Ende, und mit ihm verabschiedete sich mein ohnehin angeschlagener Gleichgewichtssinn. Zumindest landete ich auf beiden Füßen, aber vor meinen Augen flimmerte es, und ich hatte Mühe, nicht zu taumeln.

Ganz langsam rückte die Umgebung wieder in meinen Fokus. Ich sah, dass viele Discobesucher zur Seite ausgewichen waren, um nicht von meinem Streetdance-Exorzismus niedergemäht zu werden. Einige von ihnen hielten ihre Handykameras auf mich gerichtet. Hätten mir in diesem Moment Aliens angeboten, mich zu entführen, wäre ich mit Freuden E.T.s Frau geworden. Ich senkte den Kopf und schob mich durch den Kreis der Schaulustigen, bis jemand meine Schulter berührte.

„Das war ab-ge-fahren!", sagte eine Stimme direkt an meinem Ohr. Warmer Atem fuhr über mein Gesicht, und ich roch einen Hauch von Moschus und Pfefferminz. Automatisch drehte ich den Kopf zur anderen Seite, aber das änderte nichts daran, dass ich die Nähe des Mannes immer noch spüren konnte. Dabei war ein weiterer blöder Anmachspruch das Letzte, was ich nun gebrauchen konnte.

„Ich bin Liam, Liam Parker."

„Und ich bin *auf dem Weg zur Bar*", gab ich so kühl wie möglich zurück. Mit der letzten Würde, die ich mir bis dahin bewahrt hatte, wandte ich mich zum Gehen – als meine leidgeprüften Beine unter mir wegknickten. Der Ausfallschritt, mit dem ich meine Balance zu halten versuchte, passte weniger zu einer Leadtänzerin als zu einem Tanzbären. Prompt schnellten zwei Hände nach vorne und packten mich beherzt an der Taille.

„Dein Bühnenname, vermute ich mal? Der passt ja wie Arsch auf Eimer."

Sprachlos starrte ich in ein Paar funkelnder türkisblauer Augen, während ich nach einer passenden Antwort suchte. Obwohl meine Sicht verschwommen war, registrierte ich die wirren Haare, den Bartschatten und sogar die winzige Narbe in der rechten Augenbraue des Mannes. Außerdem hatte sich sein

Mund zu einem Grinsen verzogen, das mit jeder weiteren Schrecksekunde meinerseits breiter wurde. Nach meinem ungehemmten Auftritt hätte ich alles Mögliche erwartet – Anzüglichkeit, Herablassung, Irritation –, aber ganz bestimmt nicht den seltsam wohlwollenden Spott, mit dem mich dieser Liam betrachtete.

„Ich habe keinen Bühnennamen", sagte ich schließlich gegen meinen Willen. „Und seit heute brauche ich auch keinen mehr, wenn du es genau wissen möchtest." Seine Hände brannten förmlich auf meiner nackten Haut, und ich lehnte mich ein wenig nach hinten, um mich aus dem Griff zu lösen.

Liam tat allerdings so, als würde er das überhaupt nicht bemerken. „Ach was. Wie kommt's?", fragte er, wobei sich seine Finger keinen Zentimeter vom Fleck rührten.

„Gefeuert."

„Dann ist dein Boss ein Vollidiot."

Endlich war es mir gelungen, mich aus der schraubstockartigen Umklammerung zu befreien. Ich trat einen Schritt nach hinten, aber die Wärme von Liams Händen schien immer noch an meiner Taille zu haften. Bevor ich etwas dagegen tun konnte, huschte ein Lächeln über mein Gesicht. „Kann nicht jeder so viel Kunstverstand haben wie du."

„Hey! Ob du es glaubst oder nicht, aber ich habe durchaus Ahnung!"

„Oh, bist du etwa auch Tänzer?"

„Ja", antwortete er nach einer kurzen Pause. „Ausdruckstanz."

In der nächsten Sekunde zuckte ich zusammen, weil jemand direkt neben mir zu husten begann. Während meines Wortwechsels mit Liam hatte sich ein dunkelblonder Kerl zu uns gesellt, der sich gerade an seinem Bier verschluckt haben musste.

„Darf ich vorstellen – mein Kollege Fynn", sagte Liam, ohne eine Miene zu verziehen. Beiläufig streckte er die Hand aus und klopfte seinem Kumpel ein paarmal auf den Rücken. „Alter, das ist AufdemWegzurBar, die Antwort auf all meine Gebete."

Ich runzelte die Stirn. „Rayne Adams, eigentlich. Und warum sollte ich das für dich sein?"

„Weil du verflucht talentiert bist … Rayne?" Er sprach meinen Namen aus, als würde er ihn genüsslich kosten, und ich verdrehte die Augen.

„Ja, Rayne, wie der Regen."

„Okay. Jedenfalls war dein Auftritt vorhin das Schärfste, was ich seit langem gesehen habe. Ich meine, das … das künstlerisch Interessanteste. Ja." Liam räusperte sich und wechselte einen kurzen Blick mit Fynn. Der hatte inzwischen zu husten aufgehört, machte nun allerdings einen etwas missbilligenden Eindruck. „Es ist nämlich so", redete Liam einfach weiter, „dass unser Boss uns aufgetragen hat, andere Stilrichtungen kennenzulernen. Am Freitag in zwei Wochen soll ihm jeder von uns eine originelle Choreografie präsentieren, und da dachte ich …" Seine Augen wanderten unverschämt langsam an meiner Gestalt hinunter und erst wieder hoch, als ich ihm einen Wink gab.

„Was dachtest du? Dass ich dir ein bisschen Nachhilfe geben könnte, so als hätte ich nichts Besseres zu tun?!" Ein paar Sekunden verstrichen, während wir aus den Boxen mit irgendeinem weichgespülten Popsong beschallt wurden. Dann ließ ich meine Schultern nach unten sacken. „Okay. Ich *habe* nichts Besseres zu tun."

Liam schlug die Hände zusammen. „Perfekt! Es wäre natürlich auch nicht umsonst. Am besten kommst du einfach morgen nach sechzehn Uhr vorbei und wir besprechen dann alles Weitere, cool?"

„Coo … uh. Was soll das denn werden?"

Liam hatte wieder nach meinem Arm gegriffen und ihn so vor sich ausgestreckt, dass die Unterseite nach oben zeigte. Dann zauberte er mit der freien Hand einen Filzstift aus seiner Gesäßtasche hervor. Schon klar, warum er den bei sich trug – bestimmt war es für ihn Routine, seine Nummer an Discobekanntschaften zu verteilen. Trotzdem beobachtete ich seltsam fasziniert, wie er den Plastikstöpsel mit den Zähnen abzog und danach auf meinem Arm zu schreiben begann.

„Das ist die Adresse unseres Proberaums", erklärte er, ohne den Filzstift abzusetzen. Es kitzelte, und zugleich fühlte es sich fast wie ein Streicheln an, als Liams Hand über meine Haut glitt. Himmel, diese Adresse schien überhaupt kein Ende zu nehmen. Schließlich wagte ich doch einen Blick nach unten und erkannte, dass Liam gerade ernsthaft *Miami* dazugeschrieben hatte.

„Ach nein, wirklich", kommentierte ich höhnisch. „Kann ich dann vielleicht meinen Arm zurückhaben?"

Immer noch in leicht gebückter Haltung, blinzelte Liam zu mir hoch. Ein paar seiner braunen Haarsträhnen waren ihm in die Augen gefallen und verliehen ihm das Aussehen eines frechen Schuljungen. Nur … bei Weitem nicht so unschuldig.

„Halt einfach still", befahl er mir, ehe er sich erneut vorbeugte. Ich konnte es selbst kaum fassen, dass mir tatsächlich der Atem stockte. Nach einer gefühlten Ewigkeit nahm Liam den Stift von meiner Haut, ließ den Verschluss aus seinem Mundwinkel rutschen und richtete sich auf.

„Also dann, Rayne", sagte er, gerade so laut, dass ich es trotz der Musik verstehen konnte. „Versuch nicht zu fallen, während ich weg bin."

Damit wandte er sich um und verschwand zusammen mit seinem Kumpel im Gedränge. Ich brauchte einen Moment, bis ich zu lesen imstande war, was er der Adresse noch hinzugefügt hatte:

Florida, USA, Planet Erde, Milchstraße, Universum.

2. Kapitel

„Ich kann nicht glauben, dass du das wirklich tust."

Obwohl ich nur Katies Stimme hörte, wusste ich ganz genau, wie sie gerade aussah. Wenn sie etwas missbilligte, bekam sie wie ich eine kleine senkrechte Falte zwischen den Brauen, wodurch sie mir noch mehr ähnelte als sonst.

„Warum regst du dich so darüber auf?" Ich klemmte das Handy mit einer Schulter fest, während ich einen Blick auf meinen Unterarm warf. Die schwarze Schrift war bereits verblasst, aber ich konnte die Adresse immer noch gut genug entziffern. „Es ist ja nicht so, als hätte ich im Moment viele Alternativen. Klar könnte ich jetzt einfach zu Hause auf der Couch rumgammeln und mich in Selbstmitleid suhlen, aber das wäre reichlich kontraproduktiv, oder?" Inzwischen hatte ich die richtige Straße gefunden und bog nach links ab. Diese Gegend war ein richtiger Touristenmagnet, und ich wusste, dass hier spätabends die Post abging. Komischer Ort für ein Tanzstudio, doch mir konnte es egal sein.

„Wie meinst du denn das?", erkundigte sich Katie, und ein vorsichtiger Unterton schwang in ihrer Frage mit.

„Na ja …" Plötzlich war ich ganz froh darüber, dass wir dieses Gespräch nur übers Telefon führten. Andernfalls hätte ich es wahrscheinlich nicht gewagt, mir eine solche Blöße zu geben. „Miss Devinsky hat mich doch rausgeworfen, weil ich ihr nicht diszipliniert genug war. Vielleicht hilft mir so ein kleines

Projekt dabei, mein Leben wieder auf die Reihe zu kriegen. Und dann könntest du … Du könntest sie mal fragen, ob sie mich eventuell zurücknimmt."

So, jetzt war es raus. Mein Atem ging spürbar schneller, und das lag nicht nur daran, dass ich mit großen Schritten über den sonnenheißen Asphalt eilte. Ich bildete mir ein, Katies Schweigen aus dem Lautsprecher sickern zu spüren wie eine zähe Flüssigkeit. Unwillkürlich ballte ich meine freie Hand zur Faust.

„Rayne, Süße", sagte meine Freundin schließlich, „wenn du meinst, dass dich die Arbeit mit einem anderen Tänzer motiviert, dann nur zu. Probier das aus. Und ich verspreche auch, dass ich bei der Devinsky ein gutes Wort für dich einlege. Ich möchte nur nicht, dass du dir falsche Hoffnungen machst, ja?"

„Ich weiß", antwortete ich schnell. „Schon okay, solange du sie nur fragst. Und keine Sorge wegen des Trainings, das wird ganz sicher … oh."

„Oh? Was, oh?"

„Dieser blöde Mistkerl!"

„Wieso? Rayne, was hat er getan?"

„Mir eine falsche Adresse gegeben. Ich muss aufhören, bis später."

Beinahe grob stopfte ich das Handy in eine Tasche meiner Baggy Pants zurück und starrte auf das einstöckige, weißgestrichene Gebäude, zu dem mich die Wegbeschreibung geführt hatte. Im ersten Moment war ich zu verwirrt, um mich wirklich zu ärgern. Dieser Liam hatte mich sauber verarscht, so viel stand fest – aber wozu das gut sein sollte, war mir ein Rätsel. Kopfschüttelnd betrachtete ich den verschlungenen Schriftzug über der Tür, der nachts vermutlich in Neonlicht erstrahlte: *Diamond Club.* Und darunter: *For Ladies Only.*

Direkt neben dem Eingang befanden sich mehrere zusammengeschobene Ständer aus Edelstahl, die mit einem silberfarbenen Seil verbunden waren. Wenn man diese Absperrung ordentlich aufstellte, wäre sie bestimmt lang genug, um damit eine Menschenschlange um das ganze Gebäude zu leiten. Ich versuchte, mir solche Massen von *Ladies* vorzustellen, die hier geduldig warteten, um – ja, was genau zu sehen?

Unschlüssig verlagerte ich mein Gewicht von einem Bein auf das andere, während ich nach einer Erklärung suchte. Vielleicht hatte Liams Tanztruppe tatsächlich in diesem Club einen Raum zum Proben gemietet, weil es günstiger als ein richtiges Studio war? So oder so blieben mir nur zwei Möglichkeiten: Ich konnte unverrichteter Dinge nach Hause fahren und vor Katie eingestehen, dass ich mich in meiner Zufallsbekanntschaft von gestern getäuscht hatte. Oder ich schaute mich zumindest ein wenig hier um.

Noch ehe ich die Entscheidung bewusst getroffen hatte, streckte ich bereits die Hand nach dem Türgriff aus. Mit eingekniffenem Schwanz umzukehren entsprach nun wirklich nicht meiner Art. Um mir selbst Mut zu machen, stieß ich die Tür schwungvoll auf – halb hatte ich schon damit gerechnet, dass sie abgeschlossen sein würde – und betrat einen schummrigen Flur. Obwohl im Freien sicher dreißig Grad herrschten, war es hier angenehm kühl. Ich blinzelte ein paarmal, um meine Augen an das Dämmerlicht zu gewöhnen, und entdeckte eine langgezogene Theke, hinter der mehrere Reihen Kleiderstangen angebracht waren. Genau wie die Absperrständer und die Eingangstür bestand hier alles aus poliertem Edelstahl, der bei der schwachen Beleuchtung sanft schimmerte. Ich legte meine Hand auf die silberne Fläche und ließ sie darauf entlanggleiten, während ich mich beinah traumwandlerisch durch den Flur bewegte. An dessen Ende befand sich eine weitere Tür, die vermutlich in den Clubraum führte. Was auch immer dort los sein mochte, es drang kein Laut zu mir heraus. In dieser Stille konnte ich sogar meinen Puls hören, der sich zu einem dumpfen Dröhnen in meinen Ohren gesteigert hatte. Ich wusste selbst nicht, woher meine Nervosität stammte – es war ja nicht so, als hätte ich mir verbotenerweise Zutritt verschafft –, doch die unheimliche Leere weckte in mir den Eindruck, zur falschen Zeit am falschen Ort zu sein. Mühsam schluckte ich gegen das trockene Gefühl in meiner Kehle an, öffnete die schwere Tür …

… und im nächsten Moment schien die Welt in Helligkeit zu explodieren. Es war wie in einem Science-Fiction-Film, wenn ein Raumschiff auf Lichtgeschwindigkeit beschleunigt: Alle Sterne ziehen sich zusammen, bis nichts mehr zu sehen ist als blendendes Weiß. Erst mehrere Sekunden später waren meine Augen wieder in der Lage, Umrisse zu fokussieren. Ich erkannte, dass die Sterne in Wirklichkeit winzige Glühbirnen waren, die zu Abertausenden die mitternachtsblauen Wände bedeckten. Ihr Licht brach sich in dem geschliffenen Kristallglas, mit dem die Bar verziert war, und in den aufgereihten Flaschen dahinter. Trotzdem hatte ich dafür nicht mehr als einen flüchtigen Blick übrig. Stattdessen wurde meine Aufmerksamkeit wie magisch in den vorderen Bereich gezogen, wo sich in einem gewöhnlichen Club die Tanzfläche befunden hätte. Hier gab es hingegen eine Bühne, die wie eine Landebahn nach vorne ragte und sich über die gesamte Stirnseite ausdehnte. Eingerahmt von Scheinwerfern, Lautsprecherboxen und einem funkelnden Vorhang bildete sie ganz klar das Herz des Clubs – und brachte meinen eigenen Herzschlag jäh zum Stocken.

Was das Geschehen auf einer Bühne betraf, hielt ich mich wahrhaftig nicht für unerfahren. In meiner ehemaligen Truppe hatten wir meistens knappe Outfits getragen, und gerade in der modernisierten Version der *West Side Story* waren zwischen mir und dem „Tony“-Darsteller ganz schön die Funken geflogen. Trotzdem hatte mich keine dieser durchchoreografierten Szenen ausreichend vorbereitet auf:

Liam Parker.

Breitbeinig mitten auf der Bühne.

Nackt.

Nur sehr zaghaft wagte mein Verstand einzuwenden, dass er eigentlich nicht nackt war. Sein Körper wurde großzügig von einem Paar Stiefel bedeckt, einem Käppi, einem Waffengürtel und einem schwarzen Tanga, an dem sich eine Blondine zu schaffen machte. Während Liam mit halb gesenkten Lidern die Hüften wiegte, streckte sich dieses Mädchen zur Bühne hinauf und war gerade dabei, einen Geldschein … gewinnbringend anzulegen.

Mir fiel die Kinnlade bis zu den Knien. „Was zum Teufel …!"

Der Ausruf schlüpfte über meine Lippen, ehe ich mich zusammenreißen konnte. Liam erstarrte, die rechte Hand noch am Schirm seiner Kappe, als wollte er sie sich eben tiefer in die Stirn rücken. Die verführerische Pose bildete einen so starken Kontrast zu seinem verdatterten Gesichtsausdruck, dass es beinahe komisch wirkte – doch mir war keineswegs zum Lachen zumute. Irgendwie musste die Nachmittagshitze nun einen Weg ins Gebäude gefunden haben, denn von der Kühle, die ich im Flur genossen hatte, war nichts mehr zu bemerken. Mir war schwindlig vor Wärme, und mein Kopf ging gefühlsmäßig in Flammen auf. *Nichts wie raus hier,* signalisierte mir mein benebeltes Hirn, aber meine Beine streikten. Dafür hatte Liam seinen Schreck überwunden und machte eine ungeduldige Geste.

„Dreh doch mal leiser!"

Von einem der dunkelblauen Polstersessel im Zuschauerbereich erhob sich eine zweite Frau, die ich vorher gar nicht bemerkt hatte. Auf lebensgefährlich hohen Heels eilte sie zum DJ-Pult und bediente einen Schieberegler, der die Musik auf Zimmerlautstärke herunterfuhr. Es passierte so schnell, dass Liam sich noch gar nicht darauf einstellen konnte und mir viel zu laut entgegenrief:

„Was tust du denn jetzt schon hier? Wir wollten uns doch erst um sechzehn Uhr treffen!“

Aber damit war er bei mir an der falschen Adresse. Endlich begann meine Fassungslosigkeit zu schwinden, und mir dämmerte, wie sehr er mich gestern für dumm verkauft hatte.

„Ach, hätte sich das alles pünktlich bei Glockenschlag in ein ganz normales Tanzstudio verwandelt?“, fauchte ich ihn an. „Wo sind wir denn hier, in *Stripperella*?“

Liam schnitt eine gequälte Grimasse. Inzwischen war er vom Bühnenrand gesprungen, und ich hielt meinen Blick stur auf sein Gesicht geheftet, während er auf mich zusteuerte. Nur aus dem Augenwinkel bekam ich mit, dass die beiden Mädchen sich diskret in den Flur verdrückten.

„Ich hätte dir lieber schonend beigebracht, wie ich mich als Deputy Handsome auf der Bühne zeige“, sagte Liam, nachdem er sich direkt vor mir aufgebaut hatte. (Und *aufgebaut* traf es ziemlich gut, denn aus der Nähe kam er mir ähnlich massiv und unnachgiebig vor wie eine Betonmauer.)

„Nämlich nackt!“, ergänzte ich wenig hilfreich.

„Aber im Grunde war das gar keine so große Lüge“, fuhr er unbeirrt fort. „Ich verdiene ja wirklich mein Geld durch Auftritte vor Publikum.“

„Ja, *nackt!*“

„Und deshalb wäre ich dir sehr dankbar, wenn du mich trainieren könntest.“

Ich riss den Mund auf, klappte ihn aber in letzter Sekunde doch noch zu. Trotzdem wurde das Glühen in meinen Wangen um ein Vielfaches schlimmer.

Liams Mund formte sich zu einem trägen Grinsen. „Was unsere Trainingskleidung betrifft, bin ich für alles offen, Honey."

Als wäre ihm dadurch erst wieder seine eigene Aufmachung eingefallen, fasste er beiläufig nach unten und zog den Dollarschein aus dem Bund seines Tangas. Entgeistert sah ich dabei zu, wie er das Papier mit einer geübten Bewegung glattstrich.

„Du hast mir erzählt, du betreibst Ausdruckstanz, verdammt nochmal!", stieß ich hervor und deutete zur Bühne. „Was wolltest du *damit* bitteschön ausdrücken?!"

Wie auf Bestellung setzte in diesem Moment ein neuer Song ein, und Liam wackelte mit den Augenbrauen, als genügte das als Antwort auf meine Frage: *I'm sexy and I know it …*

„Na fein!" Ich und legte so viel Verachtung in meine Stimme wie möglich. „Diese Botschaft vermittelst du schon ganz gut ohne meine Hilfe, *Deputy Handsome*. Ansonsten kannst du ja deine beiden Groupies nach ihrer Meinung fragen."

„Nur die Ruhe. Die Blonde ist Norah, die arbeitet hier als Kellnerin und hat das alles schon tausendmal gesehen."

„Und was ist mit der anderen?", rutschte es mir heraus.

„Oh, Trish. Die hab ich vorhin im Backstage-Bereich unverbindlich gevögelt."

„Ha, ha!“, schoss ich triefend vor Sarkasmus zurück, ehe ich stockte. „Das war ein Scherz, richtig?“

Liam schwieg.

„Nein, du meinst das tatsächlich ernst! Du hast … du hast sie also wirklich … Oder?“

Liam blinzelte nicht einmal, aber mir reichte es nun. Männer, die Frauen zum unverbindlichen Vögeln benutzten – nach meiner „Beziehung“ mit Phil hätte ich davon ein Lied singen können. Oder ein richtig dickes Buch schreiben. Jedenfalls hatte ich endgültig genug.

„Weißt du was, vergiss es. Eigentlich geht mich das auch überhaupt nichts an. Ich wünsche dir noch viel Spaß.“ Mit einer wegwerfenden Handbewegung wandte ich mich um und wollte gerade das Weite suchen, als mich Liam genau wie in der vergangenen Nacht an der Taille erwischte.

„Hey, jetzt warte doch“, sagte er beschwichtigend. „Selbst wenn das kein Scherz war, wieso tut das irgendwas zur Sache? Ich brauche zum Proben nun mal weibliches Publikum, anders funktioniert es nicht.“

„Tja, auf diese Art funktioniert es mit *mir* nicht!“, antwortete ich heftiger als beabsichtigt. Mir war klar, dass ich Liam unrecht tat. Schließlich konnte er nichts dafür, dass ich sowohl auf Lügen als auch auf das Jonglieren mit mehreren Partnern allergisch reagierte. Aber ich hatte keine Lust, ihm zu erklären, weshalb ich mich in dieser Hinsicht wie ein gebranntes Kind benahm.

„Und was soll das bedeuten?“ Liam hatte mich losgelassen, und ich drehte mich wieder vollständig zu ihm um, damit ich in seinem Gesicht lesen konnte. Entgegen meiner Erwartung wirkte er nicht bockig oder herausfordernd, sondern einfach nur aufmerksam. Unter seinem forschenden Blick begann meine Empörung abzuebben, und ich kaute zögernd auf meiner Unterlippe herum. Ihm schien das hier wirklich viel zu bedeuten; so wie mir Streetdance immer alles bedeutet hatte. Und genau wie ich war er auf dem besten Weg, es sich zu versauen, weil er nicht genug investierte. Das zu ändern stellte mich zwar vor eine ganz schöne Herausforderung, und wenn ich tatsächlich so ein labiles Wrack wäre, wie Miss Devinsky offenbar glaubte, dann hätte Liam auch mit meiner Hilfe keine Chance. Aber vielleicht besaß ich doch genug Disziplin, um so eine Aufgabe zu meistern. Vielleicht war es nicht zu spät – weder für Liam noch für mich.

Etwas verunsichert hakte ich nach: „Du meinst, unter welchen Bedingungen ich mir eine Zusammenarbeit vorstellen könnte?“

„Ja, Rayne. Offenbar fühlst du dich gerade ziemlich unwohl. Deswegen wüsste ich gern, was nötig ist, um das zu ändern?“

„Eine Hose wäre mal ein Anfang“, antwortete ich, aber es klang nicht ganz so lässig, wie ich es geplant hatte. Deshalb fügte ich schnell hinzu: „Außerdem kann ich es nicht gebrauchen, dass du dich während der Trainingsphase von irgendwelchen Mädels ablenken lässt. Du willst als totaler Anfänger innerhalb von zwei Wochen eine Streetdance-Choreo einstudieren, richtig? Das ist jede Menge Arbeit, und wenn ich mich darauf einlasse, mit dir zu trainieren, dann mache ich das ganz oder gar nicht. Am besten, du bleibst während dieser Zeit … enthaltsam."

Ein noch reizvollerer Anblick als Liam Parker im Tanga: Liam Parker, völlig fassungslos. Mehrere Sekunden verstrichen, ehe er wieder etwas sagen konnte, und dann sah er immer noch so aus, als hätte ich ihm eine saftige Ohrfeige verpasst. „Schließt das auch oral mit ein?"

„Ist das eine ernst gemeinte Frage?"

„Ja. Nein. Puh …" Liam zog sich die Kappe vom Kopf und fuhr einmal mit gespreizten Fingern durch seine braunen Haare. Dann gab er sich anscheinend einen Ruck. „Du kämpfst mit harten Bandagen, das muss man dir lassen. Aber okay, ich bin dabei. Natürlich nur, solange du dasselbe Engagement zeigst."

Ich lachte bitter. „Da mach dir mal keine Sorgen. Mein Exfreund hat mir das Herz gebrochen und mich für die Männerwelt komplett verkorkst", rutschte es mir nun doch heraus. Liams Miene verriet mir sofort, wie mein letzter Satz geklungen haben musste. Erbärmlicher ging es kaum. „Warte, so wollte ich das nicht … also, das hab ich jetzt irgendwie falsch ausgedrückt", stammelte ich, aber zum Glück ging Liam mit einem Achselzucken darüber hinweg.

„Das heißt, wenn ich während der nächsten zwei Wochen so lebe wie ein Mönch, bist du bereit, meine Trainerin zu werden?" Er streckte die Hand aus, und ich ignorierte das Gefühl, einen Pakt mit dem Teufel zu schließen, während ich einschlug.

„Abgemacht. Dann gibt es für die nächsten zwei Wochen also nur dich, mich und jede Menge Schweiß." Erst nachdem ich es ausgesprochen hatte, dämmerte mir, dass diese Formulierung etwas unglücklich gewählt war. Vor allem gegenüber jemandem, der nur einen Tanga anhatte.

„Falls du dich auf unser Training beziehst, das wird doch wohl halb so wild", meinte Liam belustigt. „Die paar Schritte zu lernen, bringt mich schon nicht um."

„Die paar Schritte?! Ganz offensichtlich unterschätzt du, welche Kraft und Ausdauer so eine Streetdance-Nummer erfordert!"

Liam tat, als müsste er sich ein Stäubchen vom oberen Teil seines Ärmels wischen. Bloß, dass er natürlich keinen Ärmel trug. Nachdem er meinen Blick erfolgreich auf seinen Bizeps gelenkt hatte, schenkte er mir das verdammt nochmal selbstbewussteste Grinsen, das ich jemals gesehen hatte.

„Ich glaube, ich komm schon klar."

Mir lagen gleich mehrere Erwiderungen auf der Zunge, aber ich schluckte sie allesamt herunter. Stattdessen sagte ich knapp: „Zieh dich an."

Liams Grinsen vertiefte sich sogar noch mehr. „Warum? Mach ich dich verlegen?"

„Nein, aber *du* wirst es gleich sein, wenn du so nach draußen gehst", entgegnete ich würdevoll. „Deine erste Trainingseinheit findet nämlich auf dem Parkplatz statt."

Es war Liam anzusehen, dass er mich weiterhin nicht ganz ernst nahm, aber er schlüpfte in eine graue Trainingshose, die am Rand der Bühne lag. Dann schlenderte er durch die Stuhlreihen und hielt mir die Tür zum Vorraum auf.

„Nach dir, Coach."

„Nenn mich nicht so."

„Nach dir … Ma'am."

Worauf hatte ich mich da nur eingelassen?

„Weißt du was, bleiben wir doch bei Coach", meinte ich resignierend, ehe ich mit ihm ins Freie trat. Die Nachmittagssonne brannte auf den fast leeren Parkplatz vor dem Club und ließ mich blinzeln. „Ich werde dir jetzt etwas zeigen, das sich Hurricane Training nennt. Die Company-Leiterin hat uns das manchmal machen lassen."

„Ein Training für *Tänzer*", nickte Liam, und ich beschloss aus dem Bauch heraus, ihm zwei wichtige Informationen vorzuenthalten: Erstens, dass Miss Devinsky sich gerne so benahm wie der Aufseher eines Boot Camps, und zweitens, dass dieses Training eigentlich für Kampfsportler gedacht war, damit diese im Ring länger durchhielten.

Kurz gesagt: Es war eine elende Schinderei.

„Im Grunde geht es nur darum, dass du dreißig Sekunden lang so schnell sprintest, wie du kannst", erklärte ich unschuldig. „Danach folgen zehn Liegestütze und zwanzig Sit-ups dort auf dem Rasenstreifen."

„Kein Problem." Freudig wie ein junger Hund, der nach längerer Zeit wieder Auslauf bekommt, stellte sich Liam in Position. Auf mein Kommando spurtete er los, und ich musste zugeben: Der Kerl konnte echt rennen. Allerdings hatte er offenbar keine Ahnung, wie man seine Kräfte richtig einteilte. Während er sich schon beim ersten Durchgang die Seele aus dem Leib strampelte, hielt ein silberner Wagen am Rand des Parkplatzes. Gleich darauf kam Trish aus dem Club gestöckelt und eilte zu dem bärtigen Mann, der sich halb aus dem Auto lehnte. Die beiden begrüßten sich mit einem innigen Kuss, bevor sie zusammen abfuhren.

Interessant. Entweder, diese Trish nahm es mit der Treue ähnlich genau wie Phil, oder Liams Klappe war sogar größer als sein Ego. Noch ehe ich mich für eine der beiden Möglichkeiten entscheiden konnte, war Liam wieder bei mir angelangt. Er keuchte zwar etwas, absolvierte jedoch wacker das restliche Programm. Dabei behielt ich ihn genauestens im Auge … selbstverständlich, damit ich ihn notfalls korrigieren konnte, wie sich das für einen guten Coach gehört. Als er den letzten Sit-up hinter sich gebracht hatte, glänzten auf seiner breiten Brust schon die ersten Schweißtropfen.

„Fertig", verkündete er und richtete sich schwungvoll auf. Seine Zufriedenheit fiel in sich zusammen, als ich zum anderen Ende des Parkplatzes deutete.

„Und von vorne", verlangte ich. „Sprinten!"

„Was?" Liam rieb sich mit beiden Händen über das Gesicht, und mir fiel auf, dass seine Armmuskeln sogar noch stärker ausgeprägt wirkten als vor dem

Training. Allerdings war seine prahlerische Haltung inzwischen verflogen. „Meinst du nochmal die gesamte Abfolge?"

„Sicher. Wenn du die Energie hast, reihenweise Frauen unverbindlich im Backstage-Bereich zu vernaschen, wird das hier ja wohl keine Schwierigkeit für dich sein, oder?"

Unsere Blicke saugten sich aneinander fest, während ich vergeblich auf eine Antwort wartete. Im hellen Sonnenschein waren Liams Augen schon beinah unnatürlich blau. Wie in Zeitlupe konnte ich beobachten, dass seine Zunge einmal über seine Lippen fuhr, ehe er tief durchatmete.

Dann begann er wieder zu rennen.

Als die dreißig Sekunden vorüber waren und Liam neben mir abbremste, ging sein Atem in schweren Stößen. Vielleicht diskutierte er deshalb nicht mit mir, sondern hängte ohne Umschweife die Liegestütze und die Sit-ups dran. Erst danach verschwendete er die restliche Luft in seiner Lunge, um zu fragen: „Hey, Coach – wie oft genau muss man das eigentlich durchziehen?"

„Drei Sets direkt hintereinander", antwortete ich im vollendeten Tonfall einer Grundschullehrerin: sanft, aber unnachgiebig. „Anschließend gibt es eine kurze Pause, und es folgt der nächste Durchgang."

„Der nächste ..." Jetzt wirkte Liam tatsächlich ein wenig besorgt. Sein dritter Sprint war nur noch ein jämmerliches Abbild des ersten, und nach seiner Rückkehr plumpste er regelrecht vor mir auf den Asphalt. „Liegestütze?", keuchte er.

„Liegestütze", bestätigte ich und drehte eine Haarsträhne um meinen Zeigefinger.

Liam ging in Position – er spannte die Arme an, holte tief Luft und ... ließ sich auf die Ellenbogen hinuntersacken. „Na schön, ich hab Trish nicht flachgelegt!", stöhnte er. „Sie hatte heute ein Bewerbungsgespräch für eine Stelle als Kellnerin! Ich wollte dich nur ein bisschen verarschen, okay? Okay? Sind wir jetzt durch?"

Diesmal war ich diejenige, die von einem Ohr zum anderen strahlte. „Aber nein", sagte ich freundlich (und erschrak ein wenig über meine bisher unentdeckte sadistische Ader). „Wir fangen gerade erst an."

3. Kapitel

Liam Parker: *Mein Hintern tut weh.*

Eine Wolke aus Puderzucker vernebelte mir die Sicht, als ich auf meinen Frühstücksdonut prustete. Grinsend putzte ich das Display meines Smartphones mit einer Serviette ab und bemerkte dabei gar nicht, wie sich Katie zu mir herüberlehnte. Ihr missbilligendes Räuspern holte mich dann allerdings in die Realität zurück.

„Was habt ihr Zwei gestern bitteschön getrieben, wenn er dir am nächsten Morgen so eine SMS schreibt?"

Ihr Tonfall verriet, dass sie sich noch immer nicht von meinem Geständnis erholt hatte, wofür ich Liam während der folgenden vierzehn Tage trainieren würde. Ich selbst hätte zugegebenermaßen auch etwas lockerer auf seinen Beruf reagieren können, aber man stolpert schließlich nicht alle Tage unvorbereitet in eine Stripnummer. Inzwischen hatte ich mich an den Gedanken gewöhnt und sah das Ganze absolut cool. Genau so hatte ich gestern Abend versucht, Katie meinen neuen Job zu verklickern, aber das war völlig danebengegangen. Im Grunde kam das auch nicht weiter überraschend: Vor drei Jahren hatte ich meiner besten Freundin angeboten, einen Stripper für ihre Geburtstagsparty zu organisieren und so ihre Volljährigkeit zu feiern, doch diesen Vorschlag hatte sie entsetzt abgelehnt. Die einzigen Männer, die für Katie eine Rolle spielten, waren Kollegen, Regisseure oder Zuschauer. Sich einfach nur am anderen Geschlecht zu ergötzen, gehörte definitiv nicht zu ihrem Lebensstil.

Ergötzen? Wo kam denn dieser Ausdruck auf einmal her? Stirnrunzelnd kickte ich ihn zurück in meinen passiven Wortschatz und schloss bei der Gelegenheit auch gleich die SMS, in der von Liam Parkers Hintern die Rede war.

„Wir haben nur ein bisschen Aufbautraining gemacht", beantwortete ich mit reichlich Verspätung Katies Frage. „Nicht, dass er untrainiert wäre … ähm, nein. Aber er hat sich anscheinend immer viel zu sehr auf sein gutes Aussehen verlassen, und es geht nicht, dass er bei seinem Auftritt total aus der Puste gerät. Das wäre nun wirklich nicht besonders sexy."

„Damit ich das richtig verstehe: Deine Aufgabe ist es jetzt, ihn besonders sexy zu machen?" Geistesabwesend schnippelte Katie eine Banane in ihren fettarmen Joghurt, obwohl sie diese Frucht normalerweise als schwarzes Schaf des Obstkorbs behandelte. Wenn ich darüber den Kopf schüttelte, meinte sie jedes Mal, dass ihr die emotionale Achterbahn fehlte, um Kalorien ähnlich schnell zu verbrennen wie ich.

„Wir studieren eine Choreografie ein, nicht mehr und nicht weniger", gab ich zurück. „Er bezahlt mir genug, dass ich am Monatsende meinen Teil der Miete begleichen kann, und ich bleibe auf diese Weise fit. Trifft sich doch perfekt."

„Wenn du das sagst." Immer noch unverhohlen skeptisch griff Katie nach einem Apfel, und ich nutzte die Gelegenheit, um Liams Nachricht zu beantworten.

Rayne Adams: *Kalenderspruch des Tages: Wer schön sein will, muss leiden.*

Liam Parker: *Gerade deshalb sind mir die Schmerzen an DIESER Stelle ein Rätsel.*

„Übrigens, ehe ich es vergesse", drang Katies Stimme gedämpft zu mir durch. „Philipp hat mich gestern spätabends noch angerufen."

Damit wischte sie mir mein Grinsen von einer Sekunde auf die nächste restlos aus dem Gesicht. „Phil? Aber warum … Ist … ist ihm was passiert?"

Gleich darauf hätte ich mir am liebsten die Zunge abgebissen. Dieser Mann hatte mich behandelt wie den letzten Dreck, und trotzdem genügte schon die Erwähnung seines Namens, dass ich mir Sorgen um ihn machte.

„Nein, nein, alles in Ordnung. Er wollte uns bloß …", Katie betrachtete ihre Gabel so eingehend, als wären ihre Worte nur für die Weinbeere darauf bestimmt, „… an diese Sache erinnern. Und uns zu noch einer anderen Sache einladen."

„Ist eine der beiden Sachen zufällig seine bevorstehende Darmspiegelung?"

Meine Freundin seufzte. „Süße, es ist mir einfach unangenehm, mit dir darüber zu sprechen. Er und Rachel organisieren für nächsten Freitag ein Probe-Essen, und er hat gefragt, ob wir beide auch kommen wollen."

Ganz offensichtlich hatte mein eben verputzter Donut beschlossen, noch einmal Frischluft zu schnuppern. Ich schluckte mehrmals, bevor ich mir eine Antwort zutraute. „Aber die Hochzeit ist doch erst in einem Monat. Warum geben sie dann jetzt schon ein Probe-Essen?“

„Das Restaurant, in dem die Feierlichkeiten stattfinden sollen, ist ansonsten völlig ausgebucht“, erklärte Katie sanft.

Natürlich, ich hätte wissen müssen, dass Phils Wahl auf eine der beliebtesten Locations in Miami gefallen war. Er bewies ja in allem einen exquisiten Geschmack, egal ob es um seine Socken ging (immer blütenweiß und von *Lacoste*) oder um seine Braut (niemals betrunken oder in zerrissenen Baggy Pants).

„Wenn du da nicht hinwillst, gehe ich auch nicht“, versicherte mir Katie und griff über mein Smartphone hinweg nach meiner Hand. „Ich hatte ja sowieso lange keinen Kontakt mehr zu ihm.“

Tatsächlich hatten Phil und ich uns durch Katie überhaupt erst kennengelernt. Er war seit der Highschool mit ihr befreundet und hatte im Publikum gesessen, als wir gemeinsam in einer Adaption von *Schwanensee* aufgetreten waren. Ich hatte Odette getanzt, Katie Odile, und nach der Vorstellung waren wir zu dritt etwas trinken gegangen. Der Rest war Geschichte – eine erniedrigende, telenovela-artige Geschichte, was mich betraf, aber darunter sollte Katie trotzdem nicht ewig leiden müssen. Abgesehen davon hatte mich Phil sicher nur deshalb zu seiner Hochzeit eingeladen, weil er seine alte Schulfreundin dabeihaben wollte und befürchtete, dass es uns nur im Doppelpack gab.

„Nein, ist schon gut", wehrte ich ab und schaffte es, dabei halbwegs gleichgültig zu klingen. „Ich lasse mich dort blicken. Dann weiß ich wenigstens, ob ich bei seiner bescheuerten Facebook-Umfrage für Fisch oder Geflügel stimmen soll."

„Ehrlich?" Katies Gesicht hellte sich auf und entlohnte mich dafür, über meinen Schatten gesprungen zu sein. „Das finde ich super. Bloß niemals unterkriegen lassen! So beweist du richtig Klasse."

Ich musste mich sehr zusammenreißen, um bei diesen Worten Haltung zu bewahren. Ein Glück, dass Katie sich nun wieder ganz ihrem restlichen Joghurt widmete und mein Smartphone nicht mehr im Blick hatte.

Rayne Adams: *Arroganz ist keine sonderlich attraktive Eigenschaft, Deputy "Handsome".*

Liam Parker: *Die Anführungszeichen nimmst du zurück, Coach!*

Rayne Adams: *Sonst?*

Liam Parker hat Ihnen eine MMS geschickt.

„Reichst du mir bitte meine Sporttasche neben der Bank?", fragte Katie und stellte ihre Schale ins Spülbecken.

„Oh ja", sagte ich und tat nichts dergleichen. Dafür nahm ich insgeheim die Anführungszeichen zurück. Das Bild, das auf meinem Display … prangte, war vermutlich zu Werbezwecken für den Diamond

Club geschossen worden, und ich hätte mir gerne eingeredet, dass es gephotoshoppt war. Allerdings hatte ich gestern genug von Liam gesehen, um es besser zu wissen.

Heiliger Strohsack.

„Also, ich flitze jetzt mal los", verkündete Katie mit einem Hauch von Ungeduld in der Stimme, nachdem sie sich ihre Tasche selbst beschafft hatte. „Für heute ist extra langes Training angesetzt, und eine Bühnenprobe im Colony Theatre."

Das riss mich unsanft aus meiner geistigen Abwesenheit heraus. „Stimmt, wo wir schon mal beim Thema *Niemals unterkriegen lassen* sind …", begann ich zögernd und vollendete dann blitzschnell den Satz: „Sprichst du Miss Devinsky heute mal auf mich an, bitte, liebe Katie?"

Im Hinausgehen warf sie mir über die Schulter ein Lächeln zu. „Das mache ich, versprochen. Gleich nach der Probe gebe ich dir Bescheid."

4. Kapitel

Es gibt gewisse Beschäftigungen, mit denen sich kein normaler Mensch unter normalen Umständen jemals abgeben würde. Die vollständige Reinigung einer Computertastatur gehört definitiv dazu. Bisher hatte mein Ehrgeiz sogar beim Frühjahrsputz nur so weit gereicht, einmal mit einem Staubtuch drüberzugehen; aber an diesem Tag brachte ich tatsächlich die perverse Energie auf, jede einzelne Taste mithilfe eines Schraubenziehers zu entfernen, den Platz darunter gründlich zu wischen und sie dann wieder aufzudrücken. Anschließend klemmte das A, wie um zu verdeutlichen, nach welcher Lautäußerung mir gerade zumute war.

Inzwischen standen die Zeiger der Wohnzimmeruhr bereits auf Viertel nach zwei, und von Katie fehlte immer noch jedes Lebenszeichen. Dabei musste sie längst mit der Probe fertig sein … der Bühnenprobe, bei der sich alle Darsteller versammelten und gemeinsam ihre maßgeschneiderten Kostüme durchschwitzten. Es kribbelte mich in sämtlichen Gliedern, wenn ich nur daran dachte. So oft hatte ich über Miss Devinskys Drill gemeckert, aber nun konnte ich mir nichts Verlockenderes vorstellen, als mich bei einer ihrer Tiraden mit Spucketröpfchen besprühen zu lassen. Katies Anruf würde darüber entscheiden, ob ich jemals wieder in den Genuss einer solchen Standpauke kommen würde.

Jemals wieder eine Choreografie der *Miami Motion Company* einstudieren.

Jemals wieder Bühnenboden unter meinen Händen und Füßen spüren.

– Das hieß, wenn Katie sich nur endlich dazu bequemen würde, mich anzurufen.

AAAAAAAAAAA!

Als mein Handy schließlich doch zu summen anfing, erschrak ich darüber so sehr, dass ich eine Schachtel Cornflakes umwarf. Und zwar direkt neben der jungfräulich reinen Tastatur, doch das interessierte mich jetzt nicht im Geringsten.

„Hallo, Katie?", keuchte ich ins Telefon. „Wie war's? Hast du sie gefragt?"

Am anderen Ende der Leitung blieb es still. Ich war schon versucht, noch ein paar Fragen hinterherzuschicken, weil die bisherigen drei auf keinen Fall ausreichen konnten, als ich schließlich doch Katies Stimme hörte.

„Bitte entschuldige, dass ich mich erst so spät melde. Die Probe war der reine Horror, deine Zweitbesetzung taugt nicht viel. Und ja, ich habe Miss Devinsky gefragt. Sie lässt dich grüßen, aber … vielleicht solltest du dich lieber setzen."

„Setzen? Warum? Ist das so eine gute Art von Hinsetzen, wie wenn sie einen anrufen und sagen wollen, dass man ein paar Millionen im Lotto gewonnen hat, aber die Person soll ja nicht vor Freude aus den Latschen kippen, und deshalb …"

„Sie hat Nein gesagt, Süße." Obwohl Katie ganz leise gesprochen hatte, dröhnte mir der Satz als Echo in den Ohren, und mit jeder Wiederholung schien mein Magen ein Stückchen weiter nach unten zu sacken. „Tut mir schrecklich leid“, fügte Katie noch hinzu, als er mir bereits auf der Höhe meiner Knie hängen musste.

„Ist doch nicht deine Schuld.“

„Ich weiß, aber ich hätte dir so gern eine bessere Nachricht überbracht. Ich komme jetzt nach Hause – reden wir nach deinem Training weiter, ja?“

„Okay.“ Mein Mund formte die Antwort ganz automatisch, ehe ich grußlos auflegte.

In den folgenden Sekunden wirkte das Ticken der Wohnzimmeruhr unnatürlich laut. Gleichzeitig steigerte sich das Kribbeln in meinen Armen und Beinen zu einem schmerzhaften Brennen. Es erinnerte mich an das Gefühl direkt vor einer Uraufführung, wenn ich eine Choreografie bis zum Erbrechen trainiert hatte und es nicht mehr erwarten konnte, sie vor Publikum hinauszuschleudern. Allerdings befürchtete ich, dass das, was gerade aus mir heraus wollte, eher das ganz große Heulen war.

Sie hat Nein gesagt. Einfach so. Ein Wort, und meine gerade erst begonnene Karriere fiel wie eine Sandburg in sich zusammen. Ich versuchte mir einzureden, dass ich mich ja bei anderen Tanztruppen bewerben konnte, aber das half nicht gegen die Kälte, die sich trotz der sommerlichen Temperaturen in mir ausbreitete. Die *Miami Motion Company* begleitete mich nun schon seit Jahren. Ich hatte mir meine Position in dieser Gruppe hart erarbeitet, und ich wusste, dass ich unter der strengen Leitung von Miss Devinsky noch viel besser hätte werden können. Selbst wenn ich es schaffen sollte, eine neue Anstellung zu ergattern – es würde nie mehr dasselbe sein.

Steifbeinig ging ich auf den Flur und schlüpfte in meine Laufschuhe. Vielleicht würde es mir helfen, mich richtig zu verausgaben, um mit dieser bohrenden Enttäuschung und Hoffnungslosigkeit fertigzuwerden. Ich polterte die Treppe meines Wohnhauses hinunter und begann zu rennen, kaum dass ich den staubigen Asphalt unter meinen Sohlen spürte. Einer alten Gewohnheit folgend lenkte ich meine Schritte gleich zur Strandpromenade, die nur wenige Blocks von mir entfernt lag. Während ich dicht am Ocean Drive und mehreren Beachvolleyball-Feldern vorbeijoggte, versuchte ich sämtliche Gedanken aus meinem Kopf zu verbannen und mich nur auf das Zusammenspiel meiner Muskeln zu konzentrieren. Das war für mich immer der schönste Moment beim Tanztraining gewesen: wenn alles andere in den Hintergrund rückte und nichts mehr zählte als Puls, Atem und Bewegung.

Nur verschwommen nahm ich wahr, dass ich bei meinem Powerrun erstaunlich ungestört blieb. Normalerweise musste man aufpassen, hier nicht von Inlinern und Skatern in knallbunten Outfits über den Haufen gefahren zu werden, aber nun wirkte der Walkway nahezu leergefegt. Erst nach mehreren Minuten begegnete mir eine alte Dame, die von einem ganzen Rudel winziger Hündchen umringt war.

„Jetzt aber nix wie heim, Liebes“, rief sie und deutete mit ihrer leinenverknoteten Hand zum Himmel, aber ich hob nicht einmal den Kopf. Von mir aus konnte dort eine Alien-Invasion anrücken, es war mir egal.

Schließlich zwangen mich die ersten Regentropfen doch dazu, meinen Blick nach oben zu lenken. In meiner Trance hatte ich gar nicht darauf geachtet, wie schnell sich die Nachmittagssonne verdunkelt hatte. Der Himmel war in ein apokalyptisches Violett getaucht, sodass sich die zerrauften Palmenwipfel davor wie Scherenschnitte ausnahmen. Wolkenfetzen jagten über mich hinweg und vereinigten sich am Horizont zu einem düsteren Gebirge.

Ich keuchte einen Fluch, als mir klar wurde, was sich dort zusammenbraute. Gewitter waren in Miami wahrhaftig nichts Außergewöhnliches – Florida wurde nicht umsonst als *lightning capital* bezeichnet, und gerade in den Sommermonaten entlud sich die Hitze, die sich über den Everglades anstaute, regelmäßig in Form heftiger Wolkenbrüche. Trotzdem sah es so aus, als würde sich nun ein ganz besonderes Spektakel anbahnen. Als ein tiefes Grollen ertönte, zog ich den Kopf zwischen die Schultern und legte noch einen Zahn zu.

Junge Tänzerin gleich nach Karriere-Aus vom Blitz getroffen. Es mochte zwar eine reizvolle Vorstellung sein, dass Miss Devinsky beim Anblick meiner verkohlten Überreste in den Nachrichten ein schlechtes Gewissen bekam, aber ich beschloss, auf diese fragwürdige Genugtuung zu verzichten. Mit zusammengebissenen Zähnen stemmte ich mich gegen die Regenschleier, die immer stärker über mich hinwegpeitschten. Bald stand das Wasser in meinen Schuhen und ließ mich stolpern. Obwohl mein Ziel nur noch ein paar hundert Meter entfernt war, kam es mir wie eine Ewigkeit vor, bis ich den verschlungenen Schriftzug erkannte. Weil es erst früher Nachmittag war, hatte man die Neonröhre noch nicht eingeschaltet, und das weißgestrichene Gebäude sah vor Nässe beinahe grau aus. Deutlich weniger ehrfürchtig als am Vortag stürmte ich durch die Tür und schüttelte mich gleich darauf wie ein nasser Hund.

Dann erst bemerkte ich, dass ich im Flur des Diamond Clubs nicht alleine war. Ein Typ mit schon fast puppenhaft hübschen Gesichtszügen lehnte neben der Garderobe und probierte offenbar ein überdimensionales Stethoskop am Tresen aus. Bei meinem Anblick ließ er das Ding sofort fallen.

„Hallo, ich bin Dr. Feelgood", sagte er und errötete leicht unter seiner Bräune. „Ich meine, ich bin Troy. Kann ich dir irgendwie helfen, ähm, Hottie?"

Das letzte Wort wirkte so pflichtschuldig drangehängt, als versuchte er, dadurch nachträglich seinen Mann zu stehen. Mein aufgelöstes Äußeres musste ihn wohl ziemlich irritieren.

„Ich bin um vier mit Liam verabredet", keuchte ich immer noch außer Atem und wischte mir jede Menge Regenwasser aus dem Gesicht. „Aber dann hat mich das Unwetter beim Joggen überrascht, also bin ich jetzt schon früher da. Gibt es auf der Toilette zufälligerweise einen Händetrockner?"

„'türlich", nuschelte Troy und richtete seine babyblauen Augen auf die Pfütze, die sich um mich herum ausbreitete. „Aber wenn du willst … also, backstage gibt es einen Waschraum, und dort liegt normalerweise Angelos Föhn herum?“

Wer auch immer das war. „Super, danke“, schniefte ich und tapste dem lebensgroßen Ken hinterher, als er mich quer durch den Hauptraum zu einer Tür mit der Aufschrift *Staff only* führte. Beim gestrigen Training hatte ich mich schon halbwegs an das funkelnde Ambiente gewöhnt, aber in die privaten „Gemächer“ der Diamond Guys vordringen zu dürfen, fühlte sich doch ein klein wenig verboten an. Noch dazu, wo ich eine nasse Spur auf den vier Treppenstufen und dem nachfolgenden Gang hinterließ.

„Hier ist es. Brauchst du ein frisches Handtuch? Ich hab kein frisches Handtuch.“ Troy gestikulierte nervös in Richtung einer der fünf Türen, die vom Flur abgingen. Vermutlich war ihm gerade selbst klargeworden, dass weibliche Wesen in diesem Bereich nichts zu suchen hatten.

„Ich komme schon zurecht“, murmelte ich und musste wieder die Nase hochziehen. Die Aussicht auf eine heiße Dusche erschien mir plötzlich sehr verlockend. Schnell schlüpfte ich in den Waschraum, ehe es sich Dr. Feelgood anders überlegen konnte. Entgegen meiner Befürchtungen war es hier für eine Männerdusche angenehm sauber. Einen weitaus unangenehmeren Anblick bot dagegen mein eigenes Spiegelbild: Ich sah genauso elend aus, wie ich mich fühlte. Krampfhaft verdrängte ich die Lust auf ein paar Vodka Tonic, die gerade in mir aufkeimte. Es wurde wirklich Zeit, dass ich mein Leben in den

Griff bekam. Kurzentschlossen schälte ich mich aus meinem engen Top und löste den Knopf meiner Baggy Pants. Mit einem schmatzenden Geräusch fiel der vollgesogene Stoff auf den Fliesenboden, dicht gefolgt von meiner Unterwäsche. Dann betrat ich die mittlere der drei offenen Kabinen, stellte mich direkt unter den Duschkopf und drehte das Wasser bis zum Anschlag auf.

Zuerst tat der Sturzbach, der sich heiß über mich ergoss, beinahe weh. Ich hielt den Atem an und wartete darauf, dass sich meine Haut an die Temperatur gewöhnte. Dann begannen sich meine Glieder zu lockern, und ein wohliges Gefühl breitete sich von meinen Schultern bis in meine Zehenspitzen aus. Wenn es bloß möglich wäre, den ganzen Mist, der zurzeit in meinem Leben passierte, einfach wegzuspülen! Instinktiv schlang ich die Arme um mich selbst, als könnte ich mich auf diese Weise zusammenhalten. Ich spürte, wie meine Brüste gegen meinen rechten Arm drückten, und den schnellen Herzschlag darunter. Es war viel zu lange her, dass Phil mich so umarmt hatte.

Sofort biss ich mir zur Strafe auf die Lippe, aber der ungebetene Gedanke ließ sich nicht verscheuchen. Auch wenn ich unter der Dusche alleine war, dachte ich niemals an Channing Tatum oder Chris Hemsworth oder Colin Farrell, sondern ausschließlich an meinen Ex. Und das, obwohl es gar nicht so fantasievoll gewesen war, was er im Bad oder im Bett mit mir angestellt hatte – im Grunde war es immer nur um ihn gegangen. Wie hatte ich ihm nur derart hörig werden können, wo ich doch sonst so viel Wert auf meine Unabhängigkeit legte? Seit ich mit 17 nach Miami Beach gekommen war, um professionelle Tänzerin zu werden, hatte ich meine eigenen Entscheidungen getroffen. Ich hatte drei Jahre lang ganz für mich allein gesorgt, nur um dann einem Idioten zu verfallen, der mir beim Sex nicht einmal in die Augen sah. Dabei sollte es doch Männer geben, die ihre Frauen richtig verwöhnten, verdammt nochmal!

Wie von selbst lösten sich meine Arme aus ihrer Verschränkung, und ich ließ meine Finger langsam über meine nasse Haut gleiten. Ein Glück, dass ich für Streetdance nicht so hager zu sein brauchte wie fürs Ballett: Ich war immer zierlich gewesen, aber mit ausgeprägten Kurven und Muskeln, die sich nun unter meiner Berührung leicht anspannten. Ohne die Augen zu öffnen, tastete ich nach der Halterung, in der ich vorhin ein paar Flaschen Shampoo und Duschgel entdeckt hatte. Aufs Geratewohl griff ich mir eine davon, drückte eine großzügige Portion des Inhalts in meine geöffnete Hand … und in der nächsten Sekunde war es, als hätte Liam hinter mir die Kabine betreten. Sein Duft hüllte mich vollkommen ein: Moschus und Minze und Sandelholz, und dann noch etwas Fruchtiges, vielleicht Orange. Mir wurden davon regelrecht die Knie weich. Ehe ich mich ganz von meiner Überraschung erholt hatte, verteilten meine Hände bereits Liams Duschgel auf meiner Haut – als wäre es ein verbotenes Vergnügen, an dem mich jederzeit irgendjemand hindern konnte. Kreisförmig rieb ich über meinen Bauch, meine Hüften, und als ich nach oben fasste, um auch meine Brüste einzuseifen, waren meine Nippel bereits hart. Ich spürte ihren Druck genau in der Mitte meiner Handflächen, und dabei blitzte in mir die Erinnerung auf, wie Liam mich in der Disco festgehalten hatte. Seine Hände waren kräftig, die Finger so lang, dass sie fast ganz um meine Taille herumreichten. Und dieser Griff war nicht eben zimperlich gewesen. Bestimmt wären Liams Berührungen niemals so flüchtig und fahrig wie die von Phil, sondern zielstrebig. Fest. Bestimmend. Er würde mich gegen die Wand drängen und – ich stolperte einen Schritt rückwärts, als hätte mich tatsächlich jemand gestoßen. Die Fliesen fühlten sich zuerst kalt an, übernahmen aber rasch meine Körperwärme. Inzwischen ging mein Puls so schnell, dass mir schwindelig wurde, und in meinen Ohren brauste es. Ich rutschte an der Wand entlang nach unten, bis ich mit gespreizten Beinen auf dem Boden der Dusche hockte. Längst hatte sich jeder vernünftige Gedanke aufgelöst, und mein Hirn wurde nur noch von Erinnerungsfetzen geflutet:

Liam, wie er gestern in seiner „Interpretation" einer Polizeiuniform auf mich zugekommen war. Wie er beim anschließenden Training geschwitzt hatte. Um die Liegestütze schwerer zu machen, hatte ich mich halb auf seinen Rücken gekniet – die Bewegung seiner Muskeln, seine Wärme an meinem Bein …

und dann hatte er vor Anstrengung gestöhnt. Eigentlich war es eher ein Knurren gewesen, tief in seiner Kehle, und meine Fantasie übertrug diesen Laut nun in eine ganz andere Situation. Ich musste die Lippen zusammenpressen, um nicht ebenfalls zu stöhnen, während meine rechte Hand meinen Bauch abwärts fuhr. Meine Knie öffneten sich noch weiter, und ich konnte schließlich doch nicht mehr an mich halten. Mit einem hörbaren Seufzen lehnte ich den Kopf nach hinten. Trotz des Wassers spürte ich meine eigene Feuchtigkeit deutlich zwischen den Fingern. Ich begann mit langsamen, fast quälenden Bewegungen, und wieder war es eigentlich nicht ich, die mich berührte, sondern Liam – seine Zunge …

Als ich über das Plätschern des Wassers hinweg ein Geräusch wahrnahm, hielt ich es zuerst für ein Produkt meiner Vorstellungskraft. Das tiefe Knurren aus meiner Erinnerung schien sich einen Weg nach draußen gebahnt zu haben, und ich brauchte eine Weile, bis ich begriff, dass tatsächlich Liams Stimme zu mir drang. Er musste nur wenige Schritte entfernt im Flur stehen und sich mit jemandem unterhalten. Dass er da war, *jetzt,* lediglich durch die Tür von mir getrennt!

„Das glaube ich nicht“, hörte ich ihn sagen, aber ich achtete gar nicht auf die Bedeutung seiner Worte. In meiner Fantasie war jedes davon mein Name. Wieder konnte ich ein Seufzen nicht unterdrücken, während meine Finger immer schneller kreisten. Das Wasser prasselte auf mein Gesicht, triefte aus meinen Haaren, strömte heiß über meine Brüste, und die Hitze schien sich auch in meinem Inneren immer weiter anzustauen, bis –

– die Tür mit einem Krachen aufflog.

Wie gelähmt schaute ich in Liams blaue Augen.

5. Kapitel

„Du Idiot, ich hab dir doch gesagt, dass sie nicht weint!“

„Sorry, Mann … Es hat nur so ausgesehen, und dann auch so geklungen …“

„Fuck, Troy!“

Die aufgeregten Stimmen vermischten sich in meinen Ohren zu einem undefinierbaren Durcheinander. Ich stand auf wackligen Knien vor dem Spiegel, stützte mich am Waschbeckenrand ab und wartete darauf, dass ich schlicht und einfach vor Peinlichkeit starb. So verschwommen meine Wahrnehmung auch sein mochte, *ein* Moment hatte sich dennoch in mein Gedächtnis eingebrannt:

Genau wie ich war Liam sekundenlang völlig erstarrt gewesen. Seine Augen hatten sich mehr und mehr geweitet, bis sein Blick schließlich nach unten zuckte. Dorthin, wo immer noch meine rechte Hand lag. Dann war die Tür wieder zugefallen, und ich wusste nicht, ob Liam sie selbst geschlossen hatte oder doch der andere Typ, der ihm möglicherweise auch noch über die Schulter geschaut hatte. Darüber konnte ich mir aber jetzt nicht den Kopf zerbrechen. Ich war ja voll und ganz mit Sterben beschäftigt.

Es vergingen sicher mehrere Minuten, bis ich wieder in der Lage war, einen zusammenhängenden Gedanken zu formen. Immer noch waren meine Wangen gerötet, und mein Puls ging viel zu schnell. Angestrengt versuchte ich, langsam und tief zu atmen, um mich ein wenig zu sammeln. Außerdem durchforstete ich mein Hirn nach irgendeinem schlauen Spruch, der mir dabei helfen würde, aus dieser grauenerregenden Erfahrung das Beste zu machen – was auch immer das sein sollte. Meine Mom rief mich fast täglich aus meinem Heimatkaff in Polk County an, um mir solche Lebensweisheiten reinzudrücken, und wenn ich sie einmal pro Monat für ein Wochenende besuchte, überschüttete sie mich geradezu damit. Trotzdem wollte mir jetzt nichts anderes einfallen als „Dumm ist der, der Dummes tut“ aus *Forrest Gump* und „Man wächst an seinen Herausforderungen“. Spontan bastelte ich mir daraus „Man wächst an seinen Dummheiten“ und beschloss, mit hoch erhobenem Kopf aus dieser Sache hervorzugehen. (Und wenn man bedachte, dass ich in einer Männerdusche ernsthaft das Abschließen vergessen hatte, musste mein Kopf dementsprechend bis fast zu den Wolken reichen. Scheiße aber auch!)

Mit zittrigen Bewegungen wrang ich mir die Haare aus, föhnte sie notdürftig und schlüpfte in meinen Slip, der als einziges meiner Kleidungsstücke vom Regen verschont geblieben war. Danach zog ich ein halbwegs frisch wirkendes T-Shirt an, das einer der Jungs vergessen hatte. Darüber, ob dieses Outfit zu viel preisgab, brauchte ich mir ja *glücklicherweise* keine Sorgen mehr zu machen. Einmal atmete ich noch tief durch und wappnete mich gegen all die anzüglichen Bemerkungen, die einem Macho wie Liam nun sicherlich auf der Zunge brannten; dann trat ich auf den Flur.

Ich hatte damit gerechnet, dass die Männer immer noch dort lauern würden, um mich mit Pfiffen und

Johlen zu empfangen, aber dieser Spießrutenlauf blieb mir erspart. Unbehelligt gelangte ich zum Ende des Backstage-Bereichs, und das einzige Geräusch, das ich hörte, stammte von meinen nackten Füßen auf dem Fliesenboden. Trotzdem schlug mir das Herz bis zum Hals, während ich die Tür zum Clubraum aufdrückte. Sofort fiel mein Blick auf Liam, der am Rand der Bühne saß. Bei meinem Eintreten rappelte er sich blitzschnell hoch und bot mir somit gute Sicht auf sein enges schwarzes Muscle-Shirt und die grauen Jogginghosen, die gerade richtig tief auf seinen Hüften hingen. Er sah erholt und ordentlich aus, ganz im Gegensatz zu mir.

Jetzt geht's los, sagte ich mir und hätte am liebsten die Augen zugekniffen, wie ein kleines Kind, das Verstecken spielt. „Was ist, können wir mit dem Training beginnen?", fragte ich und verfluchte den gepressten Klang meiner Stimme.

„Sehr gerne."

Ich stieg gerade die Stufen zur Bühne hinauf und musste prompt die Arme ausbreiten, um nicht zu stolpern. Die Antwort brachte mich noch mehr aus der Fassung, als ich es für möglich gehalten hätte. Keine eindeutige Zweideutigkeit, kein schmutziges Grinsen, noch nicht mal ein Zwinkern – nein, Liam Parker machte einen absolut höflichen Eindruck.

Und ich hatte schon gedacht, dass mich an diesem Tag nichts mehr schockieren würde.

„Wirklich? Keinerlei … Anmerkungen deinerseits?", hakte ich nach und schlich so misstrauisch auf Liam zu wie ein Wildtier auf eine unbekannte Futterquelle.

„Ein bisschen Muskelkater von gestern, aber das weißt du ja."

Ein bisschen Muskelkater? Was war bitteschön aus Mr. „Mir tut der Hintern weh, und P.S., hier hast du ein Foto von besagtem Körperteil" geworden?! Mit fassungsloser Erleichterung begriff ich, dass Liam tatsächlich so tun wollte, als wäre dieses Dusch-Desaster niemals passiert. Wenn es nicht vollkommen verrückt gewesen wäre, hätte ich sogar vermutet, dass er sich ebenso peinlich berührt fühlte wie ich. Aber das war bei einem selbstverliebten Stripper ja wohl ausgeschlossen, oder?!

„Gut, dann pass auf", sagte ich immer noch wachsam und blieb sicherheitshalber ein paar Schritte von ihm entfernt stehen. „Ich habe mir gestern noch einige Gedanken zu deiner Rolle auf der Bühne gemacht. Dein Auftritt als normaler Cop ist irgendwie zu zahm, weißt du? Deine Zuschauerinnen sollen das Gefühl kriegen, dass du sie einerseits retten könntest, aber andererseits sollst du trotzdem gefährlich auf sie wirken. So etwas turnt die Frauen bestimmt noch mehr an."

„Ich verstehe." Liam nickte ernst, und ich musste mich sehr zusammenreißen, um ihn nicht anzuglotzen wie die Kuh das neue Scheunentor. Ich hatte die Worte *Frauen* und *anturnen* in einem Satz verwendet, um Himmels willen! Wenn Liam dazu nichts beizutragen hatte, stand die Welt definitiv nicht mehr lange.

„Besonders sexy fände ich es, wenn du als Mitglied eines SWAT-Teams auftreten würdest", legte ich nach. „Ich meine: fingerlose Lederhandschuhe, militärisch geschnittene Hosen, Ellenbogen- und Knieschützer. Eine schwarze Weste mit Taschen für Munition … und nichts darunter. Kannst du so was besorgen?" Lauernd beobachtete ich ihn, um auch das kleinste Anzeichen für Verschlagenheit in seinem Gesicht zu entdecken, doch Liam nickte bloß artig. Was zur Hölle sollte dieses totale Desinteresse? Natürlich war ich froh, mir keine dummen Sprüche anhören zu müssen, aber verflixt nochmal – der Mann hatte mich splitterfasernackt gesehen. Auf einmal war ich schwer in Versuchung, hinzuzufügen: „Gut, dann schreib es in dein Mitteilungsheft, und morgen zeigst du mir die Unterschrift von deiner Mama."

Mühsam rief ich mir ins Gedächtnis, dass eine professionelle Trainerin wie ich über solche Sticheleien erhaben war. Deshalb fuhr ich fort: „Beginnen könnte deine Choreografie mit ein paar abgehackten Moves, die deinen Körper in Szene setzen." Ich nahm eine Anfangspose ein und bemerkte nur am Rande, dass dabei das T-Shirt bis zum Saum meines Slips hochrutschte. „Die einzelnen Körperteile bewegen sich ganz isoliert voneinander und werden so in den Fokus gerückt. Siehst du? Zuerst die Arme – dann der Brustkorb – das Becken …" Ich schüttelte mir die feuchten Haare aus der Stirn und schaute Liam wieder direkt an. „Das nennt man *Popping.*"

„Popping." Liams Adamsapfel hob und senkte sich schnell. „Okay." Viel zu hastig versuchte er die

Sequenz nachzuahmen, wobei er in der Bewegungsabfolge total durcheinandergeriet. Ich machte einen Satz nach vorne und legte die Hände auf seine Hüften, um ihn zu stoppen. Jetzt konnte ich mir ein Grinsen nicht verkneifen.

„Warte, warte, ganz langsam. Wenn du diese Moves nicht sauber ausführst, ist der roboterhafte Effekt dahin. Probier es mal in Zeitlupe, ja?“ Ohne ihn loszulassen, begann ich mich wieder zu bewegen und kommandierte dabei: „Pop – und freeze.“ Ich verstärkte den Griff, damit Liam bei ‚Freeze‘ auch tatsächlich erstarrte. „Gleich nochmal! Pop – und freeze. Ja, so ist es schon viel …“

Aber ich schaffte es nicht, mein professionelles Trainerinnen-Lob zu vervollständigen. Ein Stromschlag peitschte durch meinen Körper und ließ meine Muskeln viel stärker zusammenkrampfen, als es für den Move nötig gewesen wäre. Meine Atmung setzte einen Moment lang aus. Ich blieb in genau derselben Position, unfähig mich zu rühren, etwas zu sagen, wenigstens Liams Blick auszuweichen. Während meiner Kommandos hatte ich unwillkürlich ebenfalls die Bewegung ausgeführt. Ich hatte mein Becken nach vorne geschoben, im selben Augenblick wie er, und plötzlich waren es nicht mehr nur meine Hände und seine Hüften, die einander berührten …

Von wegen ‚totales Desinteresse‘. Liam hatte eine Erektion, und ich konnte es nur zu deutlich spüren.

„Ist es so gut?“, hörte ich ihn über das Tosen in meinen Ohren hinweg fragen, als hätte er überhaupt nichts bemerkt. Vielleicht hatte er das auch nicht.

Seine Stimme klang ganz normal. Höchstens ein kleines bisschen tiefer … oh Gott, ich hatte keine Ahnung. Mehrere Sekunden verstrichen, und mit jeder schienen sich mehr von meinen Gehirnzellen zu verabschieden. Als es mir endlich gelang, mich aus meiner Starre zu befreien, fühlte sich mein Kopf bereits völlig leer an.

„Ja", hauchte ich und wollte mich gleich darauf selbst ohrfeigen. Das hätte mir vielleicht dabei geholfen, meine Fassung wiederzuerlangen. „Ich – ich meine, ziemlich gut, doch."

Zwischen meinen Beinen hatte ein leises Pochen eingesetzt, das rasch stärker wurde. Obwohl ich mehrere Zentimeter Abstand zwischen Liam und mich gebracht hatte, glaubte ich den Druck dort unten immer noch wahrzunehmen. Ich musste mich sofort ablenken. Himmel, ich musste diese Trainingseinheit irgendwie hinter mich bringen, ohne den Verstand zu verlieren!

„Weißt du, wenn man das im richtigen Tempo macht, soll das eine Illusion von Schwerelosigkeit erzeugen und gleichzeitig ferngesteuert wirken", redete ich verzweifelt drauflos. „Der berühmteste Popping-Move ist übrigens von Michael Jackson verbreitet worden, nämlich der Moonwalk, aber das hilft dir jetzt auch nicht wirklich weiter, deshalb", ich holte tief Luft, „zeige ich es dir einfach nochmal. Bereit? Also: Pop und …"

Der Satz endete in einem Keuchen, als Liam die Arme um mich schlang. Ich warf den Kopf nach hinten und sah, wie sich das Blau seiner Augen zu mir herabsenkte.

„Freeze", flüsterte er. Dann erlosch das Blau, und sein Mund traf auf meinen. Es passierte so schnell, dass ich es nicht schaffte, ihm auszuweichen – geschweige denn zu protestieren. Ich verlor fast den Boden unter den Füßen, weil Liam mich immer enger an sich heranzog, den Kuss immer mehr vertiefte. Bei jedem seiner schnellen Atemzüge presste sich sein muskulöser Oberkörper gegen meine Brüste, nur getrennt durch den dünnen Stoff unserer T-Shirts. Das Pochen zwischen meinen Beinen wurde dabei fast unerträglich intensiv. Jetzt drückte Liam auch noch das Becken nach vorne, bewegte es leicht auf und ab, begann sich an mir zu reiben ... und als er leise gegen meine Lippen stöhnte, riss ich mich endlich aus seinem Bann.

„Was zur Hölle soll das werden?", japste ich, die Hände gegen Liams Schultern gestemmt, um ihn auf Abstand zu halten. „Bist du vollkommen übergeschnappt, Parker?"

„Ja, allerdings", knurrte er zurück. „Genau das bin ich! Du kannst nicht erwarten, dass ein Mann *nach so einem Anblick* bei klarem Verstand bleibt! Und dann bewegst du dich auch noch so, dass ... Fuck, Rayne! Legst du es darauf an, mich zu foltern?"

„Wie bitte?", schnappte ich empört. „Ich will dich einfach nur ordentlich trainieren! Und dafür haben wir eine Vereinbarung getroffen, falls du es schon vergessen hast. Du wirst doch wohl ein paar Tage lang enthaltsam bleiben können, ohne gleich durchzudrehen, oder?!"

Leider fiel mir zu spät wieder ein, wobei er mich in der Dusche ertappt hatte. Meine Verteidigung hatte gewisse Schwachstellen, das musste ich zugeben.

Liam brauchte überhaupt nichts zu sagen – seine Miene verriet deutlich genug, dass er gerade dasselbe gedacht hatte. Auf einmal wirkte er wieder ganz ruhig, nur seine Augen zogen sich ein wenig zusammen. „Sag mal, Coach … bist du eigentlich fertig geworden, ehe ich reingeplatzt bin?"

„Ich mach *dich* gleich fertig, du Widerling!" Das Blut schoss mir mit solcher Gewalt in den Kopf, dass sich mein Blickfeld rot verfärbte. Jetzt erst wurde mir bewusst, dass ich immer noch Liams Schultern umklammert hielt, und ich ließ sie abrupt los.

„Hmm." Nachdenklich rieb Liam über sein Kinn, und das kratzende Geräusch sandte ein Kribbeln meine Wirbelsäule entlang. „Du findest mich also widerlich?"

„Tja, Newsflash: Nicht jede Frau, der du begegnest, liegt dir automatisch zu Füßen!"

„Ach, nicht?"

„Nein!"

„Dann muss es ja echt schlimm für dich gewesen sein, mein Duschgel zu benutzen."

Okay, meine Verteidigung hatte nicht bloß einige Schwachstellen, sie war löchrig wie ein Schweizer Käse. Trotzdem schaffte ich es irgendwie, einen hochmütigen Ausdruck auf mein Gesicht zu zwingen. „Ganz recht", bestätigte ich, während ich an

Liams hypnotischem Blick festhing. „Du riechst wie ein Iltis, und ich kann froh sein, wenn ich davon keinen Ausschlag kriege."

Für einen Moment blieb es so still, dass es unnatürlich laut klang, als ich schluckte.

Dann begann Liam zu lachen. „Und du bist eine harte Nuss, das muss man dir lassen, Rayne. Na schön, von jetzt an halte ich mich strikt an unsere Abmachung – zumindest so lange, bis du mir selbst die Kleider vom Leib reißt."

„Eher friert die Hölle zu", protestierte ich matt. „Und apropos Frieren, ich muss jetzt dringend nach Hause und mich umziehen."

Fadenscheiniger konnte eine Ausrede im sommerlichen Miami kaum sein, aber das war mir nun völlig egal. Hauptsache, ich kam so schnell wie möglich hier weg. Ich war fast beim Backstage-Bereich angelangt, als noch einmal Liams Stimme hinter mir ertönte:

„Mein T-Shirt kannst du übrigens erstmal behalten. Das hole ich mir bei Gelegenheit zurück …" Aber dann war ich auch schon durch die Tür entwischt.

6. Kapitel

ICH BIN EINE PROFESSIONELLE TRAINERIN, VERDAMMT!

Die roten Lettern leuchteten auf den Fliesen, als hätte ich sie mit frischem Blut geschrieben. Hatte ich ja irgendwie auch – mit Herzblut. Ich trat einen Schritt nach hinten und beäugte kritisch mein Werk, bis Katie ins Badezimmer kam. Bei meinem Anblick stöhnte sie lautstark und machte sich daran, mir die Tatwaffe aus den Fingern zu winden.

„Spielst du etwa Ginny unter Riddle-Einfluss?!" Geistesgegenwärtig hielt sie ihre Hand außerhalb meiner Reichweite, als ich danach grapschte.

„Das dient zur Visualisierung meiner guten Vorsätze!"

„Und warum musst du dafür meinen Lippenstift nehmen?"

„Weil meiner abgebrochen ist." Ich deutete zur anderen Badezimmerwand hinüber, auf der in Dunkelviolett LIAM PARKER STINKT zu lesen war.

„Ich bezweifle, dass das den Methoden einer professionellen Trainerin entspricht." Kopfschüttelnd betrachtete Katie ihren stumpf geschriebenen Lippenstift, dann gab sie ihn mir zurück und verließ das Badezimmer.

„Du bekommst einen neuen", rief ich ihr zerknirscht nach. Halbherzig malte ich noch ein Ausrufezeichen hinter meinen guten Vorsatz, dann ließ ich den Arm sinken.

Tatsache war, dass ich keinen Schimmer hatte, was eine professionelle Trainerin in meiner Situation tun würde. Zum wohl hundertsten Mal im Laufe der Woche wünschte ich mir, ich hätte Miss Devinskys Arbeitsweise etwas genauer analysiert, solange ich noch die Chance dazu gehabt hatte. Allerdings war sie wohl niemals in der heiklen Lage gewesen, einen Stripper zu unterrichten. Mit Stripperkörper und Strippercharme und einer verteufelt schnellen Auffassungsgabe.

Nach bloß fünf Tagen intensiven Trainings beherrschte Liam in Grundzügen die Streetdance-Nummer, die ich für ihn entworfen hatte. Es musste an einer Kombination aus seiner Fitness, seinem Selbstbewusstsein und der Freude an Bewegung liegen, dass er die Moves so rasch verinnerlichte. Und natürlich an meiner genialen Choreografie. Dabei hatte ich gar nicht gewusst, wie genial sie war, ehe ich sie live gesehen hatte:

Den Start bildete eine Popping-Sequenz, die beinahe verspielt wirkte; wie eine Hommage an Liams alte Rolle als Deputy Handsome. Anschließend kam jedoch eine schnelle Abfolge von Top- und Downrocking, also Tanzschritte im Stehen und auf dem Boden, und von da an wandelte sich der Ausdruck von flirty zu aggressiv. Es sollte so aussehen, als kämpfte Liam gegen mehrere Geiselnehmer, um zu ihrem Opfer vorzudringen. Inzwischen würde er eine der Zuschauerinnen in der ersten Reihe auswählen, die von ihm gerettet wurde, ob sie nun wollte oder nicht.

Meine Prognose: Sie wollte.

Wir hatten uns ausgemalt, dass Liam die Frau mitsamt ihres Stuhls hochheben sollte, bis sie über ihm in der Luft schwebte. Dann würde er den Stuhl unvermittelt fallen lassen. Die „Geisel" würde in seine Arme stürzen, er konnte sie auf die Bühne tragen und sich ausführlich davon überzeugen, dass es ihr gut ging …

Aber das war alles noch graue Theorie. Sobald wir uns nämlich bis zur Stuhlnummer vorgearbeitet hatten, waren mir unzählige Dinge eingefallen, die Liam vorher noch verbessern musste. Auf einmal erschien mir seine Technik wieder schlampig, die Ausführung zu lasch … und überhaupt würde es ihm nicht schaden, die bisher einstudierte Choreografie immer und immer wieder zu wiederholen. Drill war ja schließlich eine anerkannte Trainingsmethode, oder?!

Liam hatte brav sämtliche meiner Anweisungen befolgt, ohne jemals die Grenzen der Schicklichkeit zu übertreten. Dass er dabei permanent einen spöttischen Ausdruck in den Augen hatte, konnte ich ihm leider nicht zum Vorwurf machen. Trotzdem dämmerte mir allmählich, dass es keine Möglichkeit mehr für mich gab, mich noch länger vor dem Unvermeidlichen zu drücken. Heute war es endgültig so weit: Ich musste mich von Deputy Handsome retten lassen.

Mit Entsetzen stellte ich fest, dass es sich bei der Hitze in meinem Inneren um echtes Lampenfieber handelte. Dabei ging es ja nur darum, auf einem blöden Stuhl zu sitzen! Wenn es mir gelang, vor Hunderten von Leuten einen Headslide quer über die Bühne zu machen, sollte *das* doch wahrhaftig kein Problem sein. Ein letztes Mal starrte ich auf mein Lippenstift-Gelöbnis, als könnte es sich dadurch in mein Hirn einbrennen, ehe ich zum Diamond Club aufbrach.

Ich hatte mir zur Gewohnheit gemacht, den Weg joggend zu bewältigen, um wenigstens einen Teil meiner Anspannung loszuwerden. Allerdings hatte ich jetzt immer einen zusammenschiebbaren Regenschirm in meinem Rucksack. Das nannte man wohl: aus Schaden klug geworden.

Etwas außer Atem kam ich unter dem Neonlicht-Schriftzug an, den ich bereits mit geschlossenen Augen hätte nachzeichnen können. Wie immer hoffte ich, nicht die Aufmerksamkeit eines Passanten zu erregen, während ich durch die Tür schlüpfte. Es sollte bloß niemand glauben, ich wäre ein durchgeknallter Groupie und einem der Jungs dort drin verfallen! Diesmal war mir aber leider kein unbemerkter Eintritt vergönnt: Ich wollte eben im Halbdunkel des Vorraums verschwinden, als mich eine barsche Stimme herumfahren ließ.

„Sag mal, wo willst du denn hin?"

Blöde Frage, da ich doch bereits einen Fuß über der Schwelle hatte! „Na, zu den Diamond Guys", antwortete ich mechanisch, dann erst konnte ich den Typen genauer betrachten, der sich vor mir aufgebaut hatte. Er war vermutlich schon über vierzig, hatte dunkelbraunes Haar und trug trotz der Hitze ein bis oben hin zugeknöpftes Hemd, wodurch er einen etwas steifen Eindruck machte.

„Nicht schon wieder“, sagte er mit unverhohlenem Missfallen. „Also hör zu – dein Körper ist gar nicht übel.“

Das war definitiv eines der seltsamsten Komplimente, die ich jemals bekommen hatte. „Danke“, sagte ich perplex. „Deiner auch nicht.“

„Aber ich bin wirklich nur an Männern interessiert.“ Er fixierte mich mit seinen eisblauen Augen, als erwartete er eine ganz spezielle Reaktion. Dabei war das Einzige, was sich bei mir einstellte, spezielle Ratlosigkeit.

„Ähm, okay.“

„Ausschließlich“, beharrte er in strengem Tonfall. Endlich dämmerte mir, dass ich einen LGBT-Aktivisten vor mir haben musste, der hier für seine Rechte eintrat. Möglicherweise hatte das auch mit dem Schwulen- und Lesben-Filmfestival zu tun, das jedes Jahr in Tampa abgehalten wurde.

„Damit habe ich kein Problem“, sagte ich wahrheitsgemäß – meine Güte, die meisten Männer aus meiner Tanztruppe waren homosexuell gewesen. „Wo soll ich unterschreiben?“

„Ist das dein Ernst?“ Nun begann die Fassade des Typs zu bröckeln, und er wirkte zum ersten Mal leicht verunsichert. Erneut musterte er mich von oben bis unten, dann schüttelte er den Kopf. „Ich meine, wir haben auch so einen bei uns im Team. Angelo … Der ist in seiner Freizeit ein wahrer Meister des Make-ups. Aber trotzdem kann er es längst nicht so gut verbergen wie du."

„Was denn, zum Geier?"

„Dass er in Wirklichkeit ein Mann ist."

Es ist so weit, sagte ein Stimmchen in meinem Kopf. *Jetzt beginnen Oma Ednas Gene durchzuschlagen.*

Ich wartete immer noch auf das Geräusch, mit dem meine Augen aus den Höhlen ploppten, als eine Gestalt neben mir auftauchte. „Was ist denn hier los?", hörte ich Liam fragen.

Mein Arm schnellte nach vorne, und ich zeigte mit ausgestrecktem Zeigefinger auf den zugeknöpften Typen. „Dieser komische Vogel hält mich für einen Kerl! Liegt es an den Baggy Pants, oder hab ich letzte Nacht zu wenig geschlafen?!"

„Parker, ich warte auf eine Erklärung", schnarrte der Typ.

Sichtlich nervös fuhr sich Liam durch die Haare. „Ähm, das hätte ich dir schon längst erzählen sollen, Boss."

BOSS?! Inzwischen kamen meine Augen dem Rausploppen schon gefährlich nahe.

„Also, das hier", Liam wedelte mit einer Hand in meine Richtung, „das ist die Tänzerin, die mich trainiert. Rayne, das ist Mr. D, der Clubbesitzer."

Mr. D schnalzte gereizt mit der Zunge. „Und ich dachte, sie bewirbt sich hier um einen Job!"

„Sehr erfreut", murmelte ich, während Liam einen Laut von sich gab, der entfernt an ein Husten erinnerte.

„Aber die Bühne könnt ihr jetzt nicht nutzen, falls ihr das vorhattet", fuhr der Clubbesitzer fort, als wäre nichts gewesen. „Heute lasse ich neue Lautsprecher einbauen, damit für die Sparkling Night alles perfekt ist. – Ich hoffe für dich, dass das Training Wirkung zeigt!" Damit ließ er Liam und mich stehen und verschwand im Inneren des Gebäudes.

„Ein reizender Gentleman", platzte es aus mir heraus, nachdem die Metalltür ins Schloss gefallen war.

„Ja, er war heute echt gut drauf", bestätigte Liam allen Ernstes. „Dafür, dass ich eine unbefugte Person in den Club gebracht habe, hätte er mich glatt kastrieren können!"

„Wahrscheinlich muss ich froh sein, dass er das nicht auch bei mir versucht hat." Ich zog – immer noch etwas verstimmt – meine Baggy Pants hoch. „Wo sollen wir denn jetzt trainieren, hast du dir darüber schon Gedanken gemacht?"

„Natürlich. Du kommst ganz einfach mit zu mir."

„Wie bitte?" So was hatte mir gerade noch gefehlt. „In deiner Wohnung haben wir niemals ausreichend Platz!"

„Ach, das wird schon gehen." Liam drängte mich vom Club weg, ohne auf meinen Protest zu achten. „Und übrigens, Coach …"

Hoffnungsvoll schaute ich zu ihm hoch, in Erwartung einer Information, die meinen Tag wenigstens minimal verbessern würde.

Ganz langsam formte sich Liams Mund zu einem Grinsen. „Stühle gibt es bei mir mehr als genug."

7. Kapitel

Ich war nicht sicher, was ich mir von der Wohnung eines Strippers erwartet hatte. Unbewusst hatten sich in meinem Kopf wohl klischeehafte Vorstellungen von schummriger Beleuchtung und rotem Plüsch gebildet – das erklärte zumindest meine Überraschung, nachdem wir in das Wohnhaus nahe dem Lummus Park getreten waren und Liam eine Tür im dritten Stock aufgeschlossen hatte. Dahinter befand sich nicht etwa eine enge, muffige Diele, sondern man gelangte direkt ins Wohnzimmer, das dank einer verglasten Wand von Sonnenschein durchflutet war. Das warme Licht bildete einen Kontrast zum kühlen Einrichtungsstil: Obwohl der Raum jede Menge Platz bot, waren die Möbelstücke spärlich und allesamt in den unaufdringlichen Farben Weiß, Rauchgrau oder Schiefer gehalten. Im hinteren Teil bemerkte ich eine glänzende Theke mit drei ledernen Barhockern, die andere Hälfte des Zimmers wurde von einer Sofa-Landschaft dominiert, auf der gut und gern ein ganzes Footballteam hätte sitzen können. Darüber hingen Leinwände mit wilden silbernen Sprenkeln. Ich fing schon an, mich in diesem durchgestylten Ambiente eingeschüchtert zu fühlen, als ich vor dem Flachbildfernseher zwei Controller und eine offene Videospielhülle entdeckte. Das sah schon eher danach aus, als würde hier ein 26-Jähriger wohnen.

Als mir klar wurde, dass ich sekundenlang nur gestarrt hatte, rang ich mir hastig einen Kommentar ab. „Schockierend ordentlich. Das hätte ich gar nicht von dir erwartet."

Liam zuckte die Achseln und warf wie zur Bestätigung seinen Rucksack neben die Wohnungstür. „Ist auch nicht mein Werk. – Schaaatz?", rief er mit erhobener Stimme ins Apartment.

Als Antwort ertönten Schritte aus einem der angrenzenden Räume, aber ich hörte sie nur gedämpft. Meine Ohren waren nämlich irgendwie beschlagen. Und mein Hals wirkte plötzlich viel zu eng. Das konnte nur eine 24-Stunden-Grippe sein, und es war sicher besser, wenn ich sofort nach Hause marschierte und mich ins Bett legte.

Jetzt flog eine Tür direkt neben uns auf, und zwei gebräunte Arme schlangen sich um Liams Mitte. „Du hast gerufen, *Süßer*?"

Lachend wand sich Liam aus dem Griff und knuffte die Person hinter ihm in den Bauch. „Rayne, du erinnerst dich noch an meinen Kumpel und Mitbewohner Fynn, oder?"

„Hey, wie geht's?" Fynn schenkte mir ein zähneblitzendes Lächeln.

„Super!" Es kam so schnell heraus und klang so begeistert, dass Liam mir einen merkwürdigen Blick von der Seite zuwarf. Aber er konnte schließlich nicht wissen, dass sich ein gefährlicher 24-Stunden-Virus gerade als 24-Sekunden-Virus entpuppt hatte – das war doch wohl ein Grund zur Erleichterung. „Dein Mitbewohner Fynn, hm? Da habt ihr zwei ja ein richtig hübsches Plätzchen erwischt."

„Eigentlich gehört die Bude nicht uns, sondern Mr. D", erklärte Liam. „Wir dürfen sie zu einem Spottpreis mieten, wenn wir dafür immer brav nach seiner Pfeife tanzen."

„Als ob du das tun würdest", zog ihn Fynn auf.

Liam reckte in gespieltem Hochmut das Kinn in die Luft. „Mag sein, dass es mir in letzter Zeit ein wenig an Motivation gemangelt hat, aber inzwischen hab ich für die Sparkling Night was echt Geiles in petto. Coach, möchtest du dich nicht setzen?"

Bei diesem Thema kroch sofort wieder Misstrauen in mir hoch. Ich schaute mich um, ob sich in der Nähe ein Stuhl befand, der für unsere Choreografie geeignet war, aber Liam deutete bloß auf einen der Barhocker. Nachdem ich Platz genommen hatte, zauberte er aus einem Getränkekühlschrank neben der Theke drei herrlich kalte Dosen Cola hervor.

„Auf eine hammermäßige Performance", sagte er, öffnete seine Dose mit einem Zischen und prostete mir zu.

„Man merkt, dass du neu im Showgeschäft bist", neckte ich ihn. „Auf den Erfolg einer Aufführung zu trinken, bringt doch Pech!"

„Oh, er ist lange genug dabei, um es besser zu wissen. Und gerade in seiner Anfangsphase war er nicht eben vom Glück verwöhnt." Fynn lehnte sich gegen die Theke und blickte erheitert zu Liam hinüber.

„Halt die Klappe, Alter!", knurrte der, konnte sich aber ein Grinsen nicht verkneifen.

Meine Neugier war augenblicklich geweckt. „Wieso? Sag bloß, er war früher noch nicht das Selbstbewusstsein in Person?"

„Von wegen. Klar, er hatte mit 22 schon den Körper, mit dem er heute gesegnet ist ... lass das, Dude ...", geschickt wich Fynn dem Dosenverschluss aus, den Liam in seine Richtung schnippte, „aber er wusste noch nicht, wie er diesen Körper richtig einsetzen sollte. Deshalb wurde er vor jeder Show von Lampenfieber geplagt. Besonders schlimm war es, als unser DJ Miles einmal knapp vor Liams Auftritt eine allergische Reaktion hatte."

„Dabei schärft uns Mr. D immer ein, keine Schokoriegel mit Erdnüssen herumliegen zu lassen", sagte Liam in einem vorwurfsvollen Ton, als wäre dieses Verbrechen eben erst passiert.

„Tja, wir anderen mussten uns gerade für einen Gemeinschaftsauftritt umziehen. Nur Troy hatte Zeit, Miles' Rolle zu übernehmen." Fynn pustete sich eine blonde Strähne aus der Stirn und machte eine dramatische Pause, ehe er fortfuhr. „Am Anfang lief auch alles glatt. Troy hat sich ans Mischpult gestellt, profimäßig die Kopfhörer aufgesetzt – und dann, gerade als Liam auf die Bühne gekommen ist, hatte unser Dr. Feelgood wohl ein Blackout. Er hat es einfach nicht geschafft, die Musik zu starten. Aber zum Glück ist ihm in diesem Moment sein unglaubliches Talent fürs Beatboxing eingefallen."

Liam vergrub sein Gesicht in den Händen und stöhnte. „Jetzt rate mal, wie sexy man zu Troys *Mpf-mpf-mpf* tanzen kann?"

Ich musste mich zusammenreißen, um meine Cola nicht quer über die Theke zu spucken. „Ha! Das war bestimmt ein herber Schlag für Deputy Handsomes Stolz, oder?"

Fynn zwinkerte mir zu. „Und wie. Nachdem er von der Bühne geflohen ist, konnte er ganze fünfzehn Minuten lang nicht mehr in den Spiegel schauen."

„Aber Troy ist nicht ungestraft davongekommen", meinte Liam düster. „Aus Rache habe ich zur darauffolgenden Show seine Mutter eingeladen. Eine Frau wie ein Schlachtschiff, die uns alle um einen halben Kopf überragte."

Entsetzt schlug ich mir eine Hand vor den Mund. „Oh nein, ist das fies! Wie hat er reagiert?"

„Er hat mitten in seinem Act innegehalten. Gestrahlt, gewunken und *Hi Mom!* gerufen."

„Und hier kommt das Sahnehäubchen", redete Fynn weiter, während ich immer noch kicherte. „Nach der Show hat Troys Mom bei Liam einen privaten Lapdance bestellt."

Liam verzog keine Miene. „Sie war auch echt großzügig mit dem Trinkgeld, und ich hab ihre Handynummer gekriegt."

Jetzt brach Fynn in prustendes Gelächter aus. „Davon hast du mir noch nie erzählt, Alter!"

„Das geht auch nur Dolores und mich was an."

Es dauerte eine Weile, bis wir uns wieder gesammelt hatten. Als ich halbwegs zu Atem gekommen war, stellte ich grinsend fest: „Das klingt, als hättet ihr Diamond Guys eine Menge Spaß."

Schwungvoll kippte Liam seine restliche Cola hinunter und knüllte dann die Dose in einer Hand zusammen. „Auf jeden Fall. Einen besseren Job kann ich mir überhaupt nicht vorstellen. Ich meine, du kriegst haufenweise Kohle dafür, dass du deine Hose verlierst … und es ist ja nicht nur das. Wenn ich mich mit unseren Stammgästen unterhalte und sie frage, warum sie eigentlich in den Club kommen, antworten sie alle dasselbe: Bei uns fühlen sie sich begehrt. Sexy. Und ich bin nun mal ein eitler Bastard. Wenn ich es schaffe, dass sich hundert Frauen gleichzeitig meinetwegen besser fühlen, ist das ein toller Ego-Boost."

„Als ob du das jetzt noch nötig hättest." Ich gab ihm von meinem Barhocker aus einen spielerischen Tritt gegen das Schienbein.

„Nein, im Ernst. Das ist einfach das, was ich für den Rest meines Lebens machen will."

Wie aus alter Gewohnheit griff Fynn nach dem zerdrückten Blech und nahm mir auch meine Dose ab, um alles zusammen im Mülleimer neben der Theke zu entsorgen. „Klar, du wirst auch dann noch strippen, wenn du neunzig bist."

„Falsche Zähne können auch *fffekfy ffein*", meinte Liam belustigt. „Außerdem bin ich zu jung, um mir darüber Gedanken zu machen."

Obwohl das nicht unbedingt von einer vernünftigen Lebensplanung zeugte, konnte ich Liams Sicht der Dinge gut nachvollziehen. „Streetdance ist auch kein Beruf fürs Alter, aber das hat mich nie davon abgehalten, meinen Traum zu verfolgen", rutschte es mir gegen meinen Willen heraus. *Zu dumm nur, dass deine Disziplinlosigkeit diesen Traum torpediert hat.* „Ich meine, wenn es damit nicht mehr klappen sollte, kann ich immer noch ...“, roter Lippenstift blitzte vor meinem geistigen Auge auf, „professionelle Trainerin werden.“

„Wo wir schon mal beim Thema sind – wolltest du mir heute nicht noch was beibringen, Coach?“ Liam machte den Eindruck, als könnte ihn kein Wässerchen trüben, und Fynn spielte ihm genau in die Hände, indem er bereitwillig von seinem Barhocker rutschte.

„Ich muss ohnehin los. Hab der alten Mrs. Higgins von gegenüber versprochen, dass ich heute den Einkauf für sie erledige. Ciao, Rayne, hat mich gefreut.“ Er berührte mich kurz an der Schulter, dann auch Liam – um einiges fester –, ehe er auf den Ausgang des Apartments zuging. Nachdem die Tür hinter ihm ins Schloss gefallen war, drehte ich mich wieder auf meinem Hocker zu Liam herum.

„Dein Freund ist ein wahrer Schatz.“

„Ja, er ist zum Knutschen“, bestätigte Liam. Dann stockte er und fügte nach einer kurzen Pause hinzu: „Aber manchmal schnarcht er ganz schön heftig, und er ist echt mies auf der Playstation.“

„Was? Warum versuchst du ihn jetzt auf einmal schlechtzumachen?“, lachte ich.

Liam blinzelte verwirrt. „Keine Ahnung. Ist mir einfach so eingefallen.“

„Verstehe. Dann herzlichen Dank für die Warnung.“ Amüsiert erwiderte ich seinen Blick, aber nach und nach verblasste meine heitere Miene. Liam schaute mich so … *so an.* Als hätte sich zusammen mit der Atmosphäre auch die Temperatur im Raum geändert, begann ich plötzlich zu schwitzen.

Wir beide schwiegen.

Zu lange. Himmelherrgott, ich musste etwas sagen, um unser hypnotisches Starren zu durchbrechen. Irgendwas!

„Hast du eigentlich …"

„Soll ich dir …", begann Liam in derselben Sekunde, und wir brachen gleichzeitig ab.

Oh nein, das war ja der reinste Teenie-Film. Und jetzt wurde ich auch noch rot! *Reiß dich zusammen, verdammt.*

„Du zuerst", brachte ich endlich heraus.

„Soll ich dir mal das Kostüm zeigen, das ich mir nach deinen Angaben beschafft habe?"

„Du meinst, du konntest eine SWAT-Polizeiuniform auftreiben?!"

„Einfach war es nicht, aber … Warte kurz." Liam sprang so schnell auf, dass sein Barhocker noch wackelte, als er bereits quer durchs Wohnzimmer zu einer Tür gesprintet war. Als er sie öffnete, konnte ich nur einen winzigen Blick auf den Raum dahinter erhaschen – ein dunkelblauer Teppich, massive Bettpfosten … dann hatte Liam die Tür auch schon bis auf einen Spalt zugezogen.

„Nur eine Sekunde", hörte ich ihn rufen, während er sich offenbar hastig bewegte. „Und nicht gucken!"

„Ich wüsste gern, wann du *das* schon mal zu einer Frau gesagt hast", murmelte ich. Dabei rutschte ich auf der Sitzfläche herum, als könnte ich so einen besseren Halt finden. Meine Oberschenkel drückten durch den rauen Stoff der Baggy Pants gegeneinander. Ich hatte gehofft, dass diese komische Atmosphäre verfliegen würde, nun, da Liam und ich uns nicht mehr so auf der Pelle hockten, aber stattdessen wurde meine Anspannung nur noch schlimmer. Wie Kohlensäure kribbelte die Aufregung in meinen Adern, und ich spürte, dass meine Muskeln sich mehr und mehr verkrampften. Wenn die Situation ein wenig … unschuldiger gewesen wäre, hätte man sagen können: Ich fühlte mich wie ein Kind kurz vor der Bescherung.

Dass der Vergleich trotz allem passte, erkannte ich, als die Tür zu Liams Zimmer aufschwang. Instinktiv hatte ich die Augen niedergeschlagen, und so bemerkte ich zu allererst ein Paar militärischer Stiefel. Danach wanderte mein Blick über die leicht ausgebeulte schwarze Hose und die Knieschützer nach oben, wo zwischen Gürtel und Munitionsweste ein Streifen gebräunter Haut hervorblitzte. Die Öffnung war gerade breit genug, um Liams Hüftknochen und die Ausläufer eines Vs erkennen zu lassen. Seine Hände – bekleidet mit fingerlosen Lederhandschuhen – hatte er in die Seiten gestemmt, sodass die Muskeln seiner nackten Arme besonders gut zur Geltung kamen. Einerseits hatte diese Pose etwas Beschützendes an sich, als wollte Liam mich damit vor einer feindlichen Umgebung abschirmen … andererseits verströmte die schwarze Kleidung einen Hauch von Bedrohlichkeit. Genau dieser Effekt hatte mir vorgeschwebt, als mir die SWAT-Uniform in den Sinn gekommen war, und nun konnte ich persönlich bestätigen: Es funktionierte. Wenn das wirklich eine Bescherung war, dann wollte ich jetzt bitte auf der Stelle etwas auspacken.

Hastig schüttelte ich den Kopf, als könnte ich diesen bescheuerten Gedanken wie eine Fliege verscheuchen.

„Nicht gut?", fragte Liam, und seine Stimme klang ein kleines bisschen dunkler als sonst. Eigentlich wirkte es auch gar nicht wie eine Frage – eher wie eine Herausforderung. Eine Falle. Und ich stürzte mich direkt hinein.

„Doch", rutschte es mir über die Lippen, und ich realisierte mit Schrecken, dass sich jede Barriere zwischen meinem Hirn und meinem Mund aufgelöst hatte. „Du siehst scharf aus. Ich meine, gefährlich. Ich meine, wie ein echter Spezialeinheits…kerl."

Betont langsam hob Liam die Hände und verschränkte sie hinter seinem Kopf. Dabei rutschte die Weste noch ein ganzes Stück weiter hoch, was eine Spur blonder Härchen freilegte. *Ach du heiliger Strohsack.* Inzwischen drückte ich meine Knie so fest zusammen, dass es wehtat.

„Das will ich aber auch meinen", antwortete er gedehnt. „Schließlich ist das eine echte Uniform."

„Und wo hast du die her?"

„Darüber mach dir mal keine Gedanken." Jetzt hatte ich das einzige Detail an Liams Erscheinung entdeckt, das überhaupt nicht stimmig wirkte: sein Lächeln. Denn das passte ganz eindeutig nicht zu einem Hüter von Recht und Ordnung, sondern eher zu einem Gesetzesbrecher. Gerade überlegte ich, ob ich ihn in meiner Rolle als Trainerin höflich darauf hinweisen sollte, als mich ein durchdringendes Schrillen zusammenzucken ließ.

„Es hat an der Tür geläutet", stellte ich überflüssigerweise fest.

Liam zögerte einen Moment. Ich wusste nicht, ob er noch etwas sagen wollte oder mit dem Gedanken spielte, das Läuten einfach zu ignorieren, aber dann gab er sich offenbar einen Ruck. „Merk dir, wo wir stehengeblieben sind." Er ging so dicht an mir vorbei, dass ich den Luftzug spüren konnte, und legte eine behandschuhte Hand auf die Klinke der Wohnungstür. Anstatt jedoch zu öffnen, beugte er sich vor und schaute durch das Guckloch.

Gleich darauf schnellte er zurück, als hätte er sich verbrannt.

„Fuck!"

„Was?" Ich versuchte ihn beiseite zu stoßen, um selbst einen Blick durch den Spion zu werfen, aber da packte mich Liam an den Oberarmen und schob mich von der Tür weg. „Wer ist das?", flüsterte ich alarmiert, während ich nach hinten stolperte.

Abrupt ließ er mich los, breitete die Arme aus und schaute an sich herab, als könnte er nicht fassen, in welcher Lage er sich befand.

„Rayne, ich fürchte, das sind die Bullen."

8. Kapitel

Zuerst konnte ich mir auf Liams Worte überhaupt keinen Reim machen. Es war allein der Klang seiner Stimme, der bewirkte, dass seine Nervosität auf mich überschwappte.

„Und was bedeutet das jetzt?“, fragte ich, weiterhin im Flüsterton.

„Was das *bedeutet*?“ Liams Augen huschten zwischen der Tür und mir hin und her, während seine Füße immer noch wie angewurzelt auf demselben Fleck standen. „Scheiße, ich trage eine echte Polizeiuniform! Dafür können sie mich einbuchten!“

Der Schreck katapultiere mir das Herz bis fast in meine Kehle. „Worauf wartest du dann noch? Du musst das Ding sofort loswerden!“

Panisch vergrub ich beide Hände in meinen Haaren, während Liam viel zu langsam nach seiner Munitionsweste griff. Draußen herrschte gespenstische Stille, aber damit konnte es jeden Augenblick vorbei sein. Vielleicht würden die Cops ja durch die Tür brechen, wenn wir ihnen den Zutritt verweigerten! Und Liam nestelte immer noch vergeblich an seinem Oberteil herum!

„Wieso dauert das denn so lange?“, japste ich und zappelte dabei wie ein Fisch auf dem Trockenen.

„Der Verschluss klemmt“, stieß Liam zwischen zusammengebissenen Zähnen hervor. Ungeschickt fummelte er an einer Steckschnalle, als hätte er so etwas nie zuvor geöffnet.

„Herrgott nochmal!“ Ich machte einen Satz nach vorne und begann die Weste so energisch zu bearbeiten, dass ich sie Liam bereits nach wenigen Sekunden von den Schultern reißen konnte. Dann widmete ich mich gleich dem nächsten Kleidungsstück. „So hilf doch wenigstens ein bisschen!“, flehte ich und zerrte den Gürtel aus den Schlaufen. „Runter mit der Hose, runter damit!“

Gerade wollte ich meinen Worten entsprechende Taten folgen lassen – schwitzte, schnaufte, schüttelte mir die wirren Strähnen aus den Augen – als mein Blick zufällig nach oben flackerte.

Sofort erstarrten meine Finger am halb heruntergezogenen Reißverschluss.

Da war es wieder. Das Gesetzesbrecherlächeln.

Dann ertönte ein neuerliches Schrillen. Stumm beobachtete ich, wie Liam in die Tasche seiner tiefsitzenden Hose griff und sein Handy hervorzog. Er tippte mit dem Daumen auf das Display … und das Geräusch erstarb.

Nur ganz langsam fielen die Puzzleteile an ihren Platz. „Dein … Klingelton?“, fragte ich stimmlos.

„Scheint wohl so.“ Liams Gesicht hatte den Ausdruck reinsten, unschuldigsten Erstaunens angenommen. „Und weißt du, was noch?“

„Wa – Was?!“

„Da will mir jemand ganz offensichtlich an die Wäsche.“

Reichlich spät bemerkte ich, dass ich die ganze Zeit den Kopf geschüttelt hatte. Das konnte ja wohl nur ein schräger Traum sein, und ich würde gleich alleine in meinem Bett aufwachen. „Nein. Nein! Sag nicht, du hättest das von Anfang an geplant!"

Liam blieb weiterhin die Höflichkeit in Person. „Aber woher denn. Die Idee kam mir völlig spontan, als du mein Handy mit der Türklingel verwechselt hast." Seelenruhig ließ er seine Hose das letzte Stück nach unten rutschen und stieg dann heraus. Diesmal trug er zwar keinen Tanga, aber die engen schwarzen Boxershorts überließen ebenfalls nur sehr wenig der Fantasie.

„Bleib bloß weg von mir!", brachte ich gerade noch hervor, als Liam mit zwei gemächlichen Schritten den Abstand zwischen uns überwand.

„Den Teufel werde ich tun", antwortete er, wieder in dieser Stimmlage, die etwas tiefer war als gewöhnlich. „Wir hatten vereinbart, dass ich mich so lange von dir fernhalte, bis du mir eigenhändig die Kleider vom Leib reißt. Und ich denke, dieser Tatbestand ist erfüllt– ich darf dich doch zitieren? – durch die Worte: *Runter mit der Hose, runter damit."*

Was ich dann erlebte, war ein Moment von erstaunlicher, kristallener Klarheit. Ich erkannte, dass mir nur zwei Möglichkeiten blieben: Erstens konnte ich Liam Parker ein hinterhältiges Schwein nennen, einen bühnenreifen Abgang hinlegen und mich nie wieder im Diamond Club blicken lassen.

Ja, das war die eine Möglichkeit.

Ich entschied mich für die andere.

Geistesgegenwärtig hatte Liam die Arme ausgebreitet, als ich mich ihm entgegenwarf. Ich prallte an seine nackte Brust, verlor das Gleichgewicht, aber da packte er mich auch schon und fand augenblicklich meinen Mund. Seine Zunge glitt heiß über meine, dann saugte er an meiner Unterlippe, zog eine glühende Spur bis hinunter zu meiner Kehle. Ich drückte das Gesicht in sein weiches braunes Haar und atmete den Duft ein, der mir bei jedem Training fast den Verstand geraubt hatte: zugleich herb und fruchtig und vor allen Dingen unverkennbar Liam. *Endlich.*

„Verdammt, das wurde aber auch Zeit", keuchte er, als hätte er meine Gedanken gelesen. „Halt dich fest."

Ohne zu zögern streckte ich die Arme, um sie hinter seinem Nacken zu verschränken. Liam richtete sich zur vollen Größe auf und zog mich dabei von den Füßen. Ich hatte gar keine andere Wahl, als die Beine zu spreizen und um seine Hüften zu schlingen – eine Pose, die meine Zurückhaltung nicht gerade verstärkte. Liam machte Anstalten, mich im Stehen noch einmal zu küssen, aber da riss mir endgültig der Geduldsfaden. Kurzentschlossen biss ich ihn seitlich in den Hals und ließ danach meine Zungenspitze über die Stelle tanzen.

Diesen Wink verstand Liam sofort. Während ich mich unablässig weiter dem empfindlichen Bereich unter seinem Ohr widmete, transportierte er mich mit schnellen Schritten zur nächsten Tür. Das Spiel seiner Bauchmuskeln übertrug sich dabei sogar durch meine Pants direkt zwischen meine Beine. Ich war davon so abgelenkt, dass ich auch diesmal nicht viel mehr von seinem Zimmer mitbekam als das massive Bett, auf dem Liam mich ablud. Ein Knall verriet mir, dass er die Tür mit dem Fuß zugestoßen hatte, ehe er sich an meiner Kleidung zu schaffen machte. Nur Sekunden später hatte er mich von meiner Hose befreit und schälte mich auch schon aus meinem engen Top und dem Sport-BH.

„Hey, das klappt ja viel besser als mit deinem Kostüm“, gelang es mir, atemlos zu spotten. „Übung macht anscheinend wirklich den Meister!“

Ganz offensichtlich war Liam gerade nicht aufnahmebereit für Scherze. Bisher hatte ich die Phrase *jemanden mit den Augen verschlingen* immer für eine hohle Übertreibung gehalten, aber genau das war es, was er nun tat: Sein Blick fraß sich förmlich in meine nackte Haut.

„Wenn du die Klappe hältst“, sagte er heiser, „zeige ich dir, worin ich definitiv keine Übung nötig habe.“

„Mieser Angeber“, brachte ich noch heraus, dann legte sich Liams Hand über meine Lippen.

„Sei still“, befahl er, und plötzlich war mir gar nicht mehr nach frechen Kommentaren zumute. Nachdem ich Liam tagelang unerbittlich durch Tanzdrills gejagt hatte, traf mich sein Kommando an genau dem richtigen Punkt. Unwillkürlich biss ich mir auf die Lippe, als Liam seine Hand langsam wieder von meinem Mund nahm. Er bemerkte es und übte leichten Druck auf mein Kinn aus, um meine Unterlippe zu befreien. Danach glitt sein Daumen über die Stelle, an der sich meine Schneidezähne eben noch in meine Haut gebohrt hatten. Es fühlte sich ein bisschen rau und sinnlich zugleich an und brachte meinen Puls zum Rasen. Als wollte Liam dem schnellen Pochen folgen, strich er nun von meinem Mund abwärts. Ich legte automatisch den Kopf zurück, während er meine Halsschlagader entlangfuhr und schließlich seine Hand auf meine Brust legte, unter der mein Herz einen Salto nach dem anderen schlug. Genau so hatte ich es mir in der Dusche des Diamond Clubs ausgemalt, aber es war nichts im Vergleich zur Realität. Als Liam die Konturen meiner Brustwarze nachzog, sich dann vorbeugte und seine Finger durch seine Zungenspitze ersetzte, war es unendlich viel besser als jede Fantasie. Bei einer impulsiven Bewegung meiner Hüften spürte ich, wie mein Slip feucht über meine Haut streifte. Liam verteilte kleine schnelle Küsse auf meiner Brust, umkreiste den Nippel mit der Zunge, reizte ihn leicht mit den Zähnen. Ich war mir sicher, dass ich auf genau diese Weise einen Höhepunkt erreichen konnte … aber ich hatte nicht die Geduld, um es darauf ankommen zu lassen. Weil sich Liam nicht dazu bequemte, seine Hände weiter nach unten zu führen, winkelte ich beide Knie an und stemmte die Fersen gegen die Matratze. Mit geschlossenen Augen schob ich das Becken nach vorne und zog es gleich wieder zurück. Dann noch einmal. Abrupt unterbrach Liam seinen Kuss, und es durchlief ihn ein spürbares Schaudern. „Willst du mich jetzt völlig fertigmachen, Coach?“

„Eher das erste Mal fertig *werden*.“

Diese Antwort quittierte Liam mit einem Grollen, ganz hinten in seiner Kehle. Gleichzeitig erkannte ich, dass sich seine Mundwinkel hoben. „Ich denke, das krieg ich hin", raunte er in einem unverschämt selbstbewussten Tonfall, auf den ich nur zu gerne etwas erwidert hätte – aber dazu war ich nicht mehr in der Lage, weil Liam seine Worte prompt in die Tat umsetzte. Entschlossen strich er über meine angespannte Bauchdecke, bis er den Bund meines Höschens erreicht hatte. Dann schob er seine Finger zwischen den Stoff und meine nackte Haut. Jetzt zeigte sich, dass seine Behauptung mehr gewesen war als bloße Prahlerei: Wo Phil meist nur hilflos herumgetastet hatte, fand Liam sein Ziel sofort. Seine Fingerkuppe drückte auf den einen Punkt, in dem gerade all meine Empfindungen zusammenliefen, und begann dort zu kreisen. Ich biss die Zähne aufeinander, aber dann gelang es mir nicht länger, mich zurückzuhalten. Stöhnend drehte ich den Kopf und fühlte das Kissen beinahe kühl an meiner Wange.

Zu merken, was er in mir hervorrief, schien auch Liams Ungeduld weiter anzustacheln. Allmählich wurden seine Bewegungen drängender. Als ich versuchte, ein Wimmern im Kissen zu ersticken, richtete er meinen Blick wieder nach oben und zog mich in einen langen Kuss. Meine Gedanken lösten sich auf, zerrannen wie Eis unter der Mittagssonne. Schließlich gab Liam meine Lippen frei und legte stattdessen den Mund an mein Ohr.

„Lass mich hören, wie du kommst, Rayne."

Er hatte kaum meinen Namen ausgesprochen, als ich auch schon unter ihm zerfiel. Wogen aus Hitze und Spannung rollten über mich hinweg, und meine Oberschenkel schlossen sich fest um Liams Hand, um auch noch das letzte bisschen dieses wahnsinnigen Gefühls auszukosten. Er folgte dem Bogen meines Höhepunkts, rieb mich zuerst noch im gleichbleibenden Tempo und dann langsamer, als das Feuerwerk in meinem Inneren abklang.

Schließlich zog er seine Hand zurück und legte beide Arme um mich. Mehrere Minuten lang wartete er stumm, bis sich meine Atmung beruhigt hatte. Dann blicke er auf mich herunter.

„Wie war das nochmal mit dem miesen Angeber?“, erkundigte er sich, und ein Grinsen lauerte bereits in seinen Augenwinkeln.

Leicht verlegen drückte ich meine Stirn gegen seine Brust. „Ziehe die Anklage zurück“, murmelte ich und spürte sein lautloses Lachen. Dadurch wurde das Brennen in meinem Inneren neu entfacht. Liam war jetzt so vollkommen Herr der Lage, dass es mich reizte, etwas daran zu ändern. Ohne Vorwarnung tastete ich nach seinen schwarzen Shorts. Sobald ich ihn durch den Stoff berührte, riss Liams Gelächter augenblicklich ab. Weil ich den Kopf immer noch an seine Brust lehnte, konnte ich seinen Gesichtsausdruck nicht sehen, aber an seinem Zischen erkannte ich, dass er die Luft zwischen den Zähnen einsog. Meine Finger bebten leicht vor Aufregung und Nervosität, als ich den Bund nach unten schob. Liam griff ebenfalls danach, hob die Hüften und streifte das Kleidungsstück von seinen Beinen. Dann lehnte er sich schweigend zurück, und ich biss mir abermals auf die Lippen. Vielleicht war es zu lange her, seit ich zuletzt einen Mann nackt gesehen hatte, aber ... Liam ließ wirklich nichts zu wünschen übrig. Mit angehaltenem Atem umfasste ich ihn, und sein Becken zuckte gegen meine Hand. Als mein Blick zur Seite fiel, sah ich, dass er seine Faust um den Rand der Matratze geballt hatte. Die Muskelstränge in seinem Unterarm traten deutlich hervor, während ich ihn zu massieren begann. Zuerst fühlte ich mich dabei noch ein wenig unsicher, aber Liams Keuchen vertrieb jede Befangenheit. Immer schneller führte ich meine Finger seinen Schaft entlang, streichelte mit dem Daumen gezielt über die Unterseite – und dann packte Liam auf einmal mein Handgelenk.

„Was ist?", wisperte ich, als er kein Wort sagte, sondern nur weiter heftig atmete. „Soll ich aufhören?"

Liam ließ mich los und fuhr sich über das Gesicht. „*Scheiße* nein, ich will nicht, dass du aufhörst, aber ... wenn du so weitermachst, komme ich gleich in deiner Hand."

Bei seinen Worten krampfte sich etwas tief in mir zusammen. Liam nutzte mein kurzes Überraschungsmoment, um mir den Slip auszuziehen. Er warf ihn auf den Boden, lehnte sich zur Seite und griff über meinen Kopf hinweg in die Schublade des Nachttischs. Ich hörte ein Knistern, und dann kniete Liam auch schon breitbeinig über mir. Während er sich das Kondom überstreifte, ließ er mich nicht aus den Augen, und das Blau seiner Iris leuchtete im Halbdunkel. Er beobachtete jede Regung in meinem Gesicht, auch dann noch, als er meine Beine auseinanderschob. Erst beim Druck gegen meine Mitte verlor er den Fokus, und sein Blick richtete sich nach innen.

„Rayne?“, flüsterte er, und es durchzuckte mich wie ein elektrischer Schlag.

„Ja“, erwiderte ich tonlos. Diese Antwort genügte ihm. Mit einem einzigen Ruck vergrub er sich tief in mir, das Gesicht beinah schmerzlich verzerrt. Es war so gut, *so gut,* dass flammende Röte mein Sichtfeld überflutete. Nachdem Liam stockend Luft geholt hatte, stieß er abermals zu. Allmählich fand er in einen Rhythmus und legte dabei eine Hand zwischen uns, um mich zu massieren. Es dauerte nicht lange, bis ein Ziehen meine Beine hinaufkroch.

„Sag, wenn du so weit bist“, verlangte Liam gepresst, und mir wurde klar, dass er sich mit aller Kraft zurückhielt. Seine Finger drückten erneut zu, beschrieben winzige Kreise.

„Jetzt“, schleuderte ich ihm entgegen, dann wurde ich ins Alles und Nichts gerissen. Es war derart intensiv, dass ich nicht mehr sehen und hören konnte, sondern nur die Impulse wahrnahm, die durch meinen Körper jagten. Ein paarmal bewegten sich Liams Hüften noch unkontrolliert, aber Sekunden später ließ er seinen Kopf nach vorne fallen und presste das Gesicht gegen meine Halsbeuge, während es ihn schüttelte. Ganz allmählich entspannte sich sein Körper wieder, und gleichzeitig wurde auch mein Puls

langsamer. Ich versank in wohliger Erschöpfung, lag einfach nur da und achtete auf nichts anderes als das träge Schlagen meines Herzens. Es war ein Gefühl irgendwo zwischen sorgloser Leichtigkeit und unendlicher Schwere. Nur widerwillig tauchte ich aus diesem warmen Dämmerzustand auf, als sich Liam von mir herunterrollte. Er blieb dicht genug neben mir, dass ich seine Atemzüge spüren konnte, doch ich traute mich nicht nachzusehen, ob seine Lider geschlossen waren. Stattdessen drehte ich den Kopf zur anderen Seite und blinzelte, um die Schleier vor meinen Augen zu vertreiben. Jetzt erst hatte ich meine Sinne überhaupt wieder ausreichend beisammen, dass ich meine Umgebung wahrnehmen konnte: *Liams Schlafzimmer.*

Wie nicht anders zu erwarten, lagen und standen hier ziemlich viele Sachen herum – Trinkflaschen, CD-Hüllen, Ladekabel, T-Shirts –, aber trotzdem machte das Zimmer den Eindruck, als würde es regelmäßig geputzt werden. Ich konnte nur hoffen, dass das auch wirklich Liams und nicht etwa Fynns Verdienst war. Links befand sich ein Regal, in dem Fachbücher über Ernährung und Sport standen, aber zu meiner Überraschung auch ein paar zeitgenössische Romane. An der rechten Wand war eine Art mannshohes Foltergerät befestigt, von dem ich nur vermuten konnte, dass Liam es für Klimmzüge benötigte. Daneben entdeckte ich eine Gymnastikmatte und Hanteln in verschiedenen Größen. Kein Wunder, einen solchen Körper bekam man eben nicht geschenkt. Nun wagte ich es doch, zu Liam hinüberzuschielen. Er hatte die Arme hinter dem Kopf verschränkt und bewies in dieser Pose eindrucksvoll, dass er die Hanteln auch regelmäßig benutzte. Sein Gesicht war von mir abgewandt, weshalb ich immer noch nicht feststellen konnte, ob er schlief oder genau wie ich seinen Gedanken nachhing.

Auf einmal fühlte ich mich seltsam befangen. Endlich realisierte ich mit vollem Bewusstsein, was da gerade vor sich gegangen war: Ich hatte Sex mit einem Stripper gehabt. Meinem Schüler. Einem Mann, dessen Bettpfosten – würde er tatsächlich Kerben hineinschnitzen – nur noch die Ausmaße eines Zahnstochers hätte. Wie ich es auch drehte und wendete, es blieb eine riesengroße Dummheit. Warum hatte ich mich von der Hitze des Augenblicks bloß derart mitreißen lassen?

Zentimeter für Zentimeter richtete ich mich auf und schob ein Bein zum Bettrand. Gerade hatte ich mich weit genug vorgetastet, um meinen Fuß auf den Boden zu stellen, da schlang sich ein Arm von hinten um meine Taille. Mit einem wenig damenhaften *Umppf* fiel ich auf die Matratze zurück.

„Was hast du denn vor, hm?" Liam hatte sich halb auf mich gewälzt und stützte die Ellenbogen links und rechts von meinem Kopf ab. Sein Körpergewicht und seine Wärme brachten mich sofort wieder ganz durcheinander.

„Ähm, keine Ahnung … Musst du jetzt nicht auch irgendwo hin?"

„Du meinst, weg von der verflucht heißen Frau in meinem Bett? Ich kann mich gerade noch beherrschen." Liams Mundwinkel zuckte amüsiert, aber dann schaute er mit einem Stirnrunzeln auf mich herab. „Wieso fragst du?"

„Ich dachte bloß, weil doch Sex eine Energie freisetzt, die am besten zu produktiver Arbeit genutzt wird." Es kam ganz automatisch heraus, ehe ich darüber nachdenken konnte. Der Satz war tief in meinem Gedächtnis verankert, so oft hatte ich ihn von Phil gehört – natürlich nur dann, wenn er sich im Anschluss nicht einfach zum Schlafen weggedreht hatte.

„Danke, ich habe genug Zeit. Und wenn du mir noch eine Frage gestattest", fügte Liam höflich hinzu, „wer, bitteschön, erzählt so einen Scheiß?"

Es entstand eine unbehagliche Pause, weil ich anstelle einer Antwort nur verlegen die Lippen aufeinanderdrückte. Liams Stirnrunzeln vertiefte sich, dann nickte er plötzlich.

„Aah. Mister Korks."

„Mister Wer?" Entgeistert schaute ich ihn an, nicht sicher, ob es sich dabei überhaupt um ein Wort der menschlichen Sprache handelte. Dann aber fiel mir wieder ein, was ich nach unserem „No-Sex-Agreement" zu Liam gesagt hatte: *Mein Exfreund hat mir das Herz gebrochen und mich für die Männerwelt komplett verkorkst.* Ein Glühen breitete sich in meinen Wangen aus, und Liam, dem das leider nicht entgangen war, schüttelte den Kopf.

„Coach, wir sind gerade splitterfasernackt. Ich würde also vorschlagen, dass wir so ein verlegenes Getue jetzt bleiben lassen."

„Wenn Nacktheit ein Kriterium für Ehrlichkeit ist, müssten dich jeden Abend scharenweise Mädels mit ihren Geheimnissen bombardieren", gab ich etwas missmutig zurück.

Liam zog eine Grimasse. „Gott bewahre. Aber bei dir interessiert es mich, also …?" Er stupste mit dem Kinn gegen meine Wange, und diese verspielte Geste war es, die meine Schutzmauer zum Einsturz brachte.

„Was interessiert dich denn genau? Dass ich vier Jahre lang eine Beziehung mit einem Typen geführt habe, der in allen Punkten zu gut für mich gewesen ist? Der Anwalt und die kleine Tänzerin. Das eignet sich höchstens für einen Groschenroman. Wahrscheinlich hätte ich mich gar nicht so zu wundern brauchen, als er mich mit der Tochter seines Partners betrogen hat: Rachel Van Thyne und Philipp Campbell junior klingt doch gleich viel passender."

Ich wartete darauf, dass Liam irgendeine Bemerkung machte. Immerhin musste ich selbst zugeben, dass meine klischeehafte Leidensgeschichte die Munition für spöttische Kommentare lieferte. Liam schaute mich jedoch nur schweigend an, daher fuhr ich nach einem kurzen Stocken fort:

„Als ich es rausgefunden habe, war ich trotzdem blöd genug, um aus allen Wolken zu fallen. Ich konnte mir nicht vorstellen, warum man über Monate hinweg zwei Leben parallel führen sollte, mit zwei verschiedenen Frauen. Das hab ich ihn auch so gefragt. Seine Erklärung lautete, dass ein Mann manchmal selbst dann nicht in allen Punkten ausgelastet ist, wenn er die perfekte Partnerin gefunden hat und über alles liebt. Er hätte schließlich Bedürfnisse."

Jetzt konnte ich nicht anders, als zu schlucken, dabei lag diese Geschichte nun schon Monate zurück. Verdammt, wieso war ich nur ein derartiges Weichei?

„Ich wollte von ihm wissen, warum ich seine Bedürfnisse denn nicht erfülle, wenn ich ansonsten perfekt für ihn bin … Als Antwort hat er mir entschuldigend das Bein getätschelt und gesagt: *Ach, Hübsche. Damit meinte ich eigentlich Rachel. Sie ist abends oft so lange beschäftigt."*

Ich glaubte zu sehen, dass sich Liams Kiefer anspannte. Dann aber seufzte er nur und legte nachdenklich den Kopf schief. „Verstehe. Weißt du, Rayne, Beziehungen zwischen manchen Menschen sind von Anfang an zum Scheitern verurteilt."

„Schon klar."

„Manche Menschen sind nicht füreinander bestimmt."

„Das hat meine Freundin Katie damals auch gesagt."

„Und manchen Menschen muss man einfach mal die Fresse polieren."

Mir blieb der Mund offen stehen. *„Wie bitte?"*

„Glaub mir", redete Liam ernsthaft weiter, „wenn ich dem Typen gegenüberstehen würde, dann würd ich ihm eine reinhauen, dass er von da an mit dem Hinterkopf lächelt."

„Dann ist es ja wirklich ein Glück, dass du ihm niemals gegenüberstehen *wirst*!", rief ich, schwankend zwischen Entrüstung, einem hysterischen kleinen Kichern … und noch etwas anderem, das mit der Vorstellung zu tun hatte, wie Liam mich beschützte. Aber darüber wollte ich jetzt nicht nachdenken. „Ich habe vor, ihm bei unserem nächsten Treffen mit absolut würdevoller Höflichkeit zu begegnen."

„Und wann soll das sein?"

„Morgen", antwortete ich und war im ersten Moment selbst überrascht. Wie hatten die letzten Tage nur so schnell vergehen können? „Er und seine Verlobte geben ein Probe-Essen im *Blue Roses*."

„Oh, von der Location hab ich schon gehört." Liam stemmte sich hoch. „Das Steak dort soll klasse sein. Dann werde ich das wohl morgen bestellen."

„Du?!", stieß ich ungläubig hervor. „Wer sagt, dass ich mit Begleitung kommen darf? Mal ganz abgesehen davon, dass Rachel es nicht gut finden wird, wenn ihrem zukünftigen Bräutigam die Zähne durch den Schädel geboxt werden!"

„Korrigiere mich, wenn ich falsch liege, aber fällt dieses Essen nicht in unsere Trainingszeit?"

„Mag schon sein, aber …"

„Steak also." Liam rollte sich auf den Rücken und verschränkte wieder die Arme hinter dem Kopf. „Ich verspreche auch, Mr. Korks kein Haar zu krümmen. Oder …"

„Oder?", fragte ich schwach, nicht sicher, worauf ich jetzt noch hoffen sollte.

„Oder ich nehme einen Burger.“ Er drehte den Kopf zur Seite und blinzelte mich an. „Hauptsache irgendwas mit Fritten.“

9. Kapitel

Normalerweise gehörte ich nicht zu den Frauen, die vor einem überquellenden Kleiderschrank standen und sich beklagten, dass sie rein gar nichts zum Anziehen hätten. Einerseits, weil ich keinen solchen Schrank besaß – mein Zeug fand bequem in einer Kommode Platz. Und andererseits fühlte ich mich in meinen guten alten Streetdance-Klamotten für nahezu jedes Ereignis bestens ausgerüstet. Ich bezweifelte allerdings, dass es eine gute Idee wäre, mit einem verwaschenen bauchfreien Shirt und Skaterhosen bekleidet in einem noblen Restaurant zu erscheinen, noch dazu, wenn man dort auf seinen Exfreund traf. Und auf einen Mann, mit dem man vor nicht mal zwanzig Stunden zwei markerschütternde Orgasmen erlebt hatte. Nein, so betrachtet waren Skaterhosen ganz und gar keine passende Wahl.

Immer noch fassungslos über meine eigene Unvernunft schob ich meine Sonnenbrille höher, als könnte ich mich dahinter verstecken, während ich an den gleißend hellen Fronten der Art-Déco-Häuser vorbeieilte.

„Don't fuck in the factory", hatte Katie trocken geantwortet, als ich ihr mein Schäferstündchen mit meinem Tanzschüler und derzeit einzigen Arbeitgeber gebeichtet hatte. Doch nun war es viel zu spät für ein schlechtes Gewissen – ich konnte nur dafür sorgen, beim heutigen Essen nicht scheiße auszusehen.

Der Ocean Drive verfügte über zahlreiche Boutiquen für alle möglichen Geschmacksrichtungen:

Hier konnten sich sowohl die Reichen und Schönen einkleiden als auch die richtig schrägen Vögel. Obwohl ich mich modetechnisch irgendwo in der Mitte einordnete, verspürte ich wenig Lust, mein Erspartes für einen x-beliebigen Fummel zu verschleudern, mit dem ich die anderen Gäste ohnehin nicht würde übertrumpfen können. Glücklicherweise kannte ich aber einen Laden, in dem garantiert keine von Rachels durchgestylten Freundinnen jemals einen Fuß setzen würde: Das *Myriad Masquerades* war ein Second-Hand-Shop, der mit seiner verstaubten Auslage und der noch verstaubteren Marylin-Monroe-Schaufensterpuppe nur wenig Eindruck machte. Dahinter verbarg sich allerdings ein wahrer Schatz aus tausenden Kostümen, welche von der Besitzerin – der exzentrischen Lady Violetta – auf dubiose Weise von verschiedensten Theaterbühnen hierher gebracht wurden. Vom 50er-Jahre-Pettycoat über glitzernde Showgirl-Outfits bis hin zu futuristischen Latexanzügen konnte man hier so gut wie alles finden, und hin und wieder verbarg sich auch ein elegantes Abendkleid darunter. Früher war ich oft hergekommen, wenn ich mal wieder ein Kostüm beschädigt oder verloren hatte und auf die Schnelle Ersatz brauchte. Es hatte mir schon leidgetan, bis auf Weiteres von diesem verrückten Laden Abschied zu nehmen.

Ein Lächeln huschte über mein Gesicht, als ich beim Eintreten von dem üblichen hohen Glockenton begrüßt wurde. Wie immer roch es hier nach einer Mischung aus Mottenkugeln und einem süßlichen

Parfum, das mich an all die Theaterdiven denken ließ, denen die Kostüme früher gehört hatten. Und wie immer verstrickte mich Lady Violetta schon wenige Minuten nach meiner Ankunft in eine nervenaufreibende Diskussion.

„Glaub mir, das ist nicht das Richtige", beharrte sie und versuchte, mir mit ihren dicken, beringten Fingern einen Kleiderbügel zu entwinden. „Das Kostüm einer Flamenco-Tänzerin aus *Carmen*? Viel zu ausgeflippt für den Anlass. Du brauchst etwas Schlichtes, Klassisches. Etwas, das deinem Kavalier den Atem raubt."

Einen schwachen Moment lang erlaubte ich mir in Erinnerungen daran zu schwelgen, wie Liam *mir* in seinem Bett den Atem geraubt hatte. Diese Unachtsamkeit rächte sich sofort: Lady Violetta entriss mir das rot-gelb-orangefarbene Flatterkleidchen und hielt stattdessen ein anderes Kostüm hoch, als wäre es ein neugeborenes Löwenbaby.

„Hier, Schätzchen. Aus einer Bühnenadaption von *Breakfast at Tiffany's.* Es gibt nichts, was deine Problemzonen besser kaschieren würde."

„Problemzonen?", wiederholte ich ein bisschen gekränkt und zog unter meinem schlabberigen Totenkopf-Shirt den Bauch ein.

„Oh, ich meinte damit nicht deinen Körper. Da ist alles ganz lecker, meine Liebe. Ich meinte deine Persönlichkeit."

„Ha", machte ich. „Danke."

In der nächsten Sekunde wirbelte ich herum, weil hinter mir eine bekannte rauchige Stimme ertönte:

„Das Kleid ist hübsch, aber ob Sie da mal nicht zu viel von ihm erwarten, Lady Violetta?"

Der Anblick der hageren Gestalt brachte mein Herz dazu, fieberhaft gegen meine Rippen zu pochen. Miss Devinsky hatte ihre Arme vor der Brust verschränkt, und die eng zusammenstehenden Augen über ihrer römischen Nase funkelten belustigt. Belustigt! Miss Devinsky! Am liebsten hätte ich mich vor ihr auf den Boden geworfen und sie angefleht, mich zurückzunehmen, doch anscheinend hatte ich mir zumindest ein kleines bisschen Stolz bewahrt.

„Guten Tag, Ma'am", sagte ich steif. „Auch auf der Suche nach einem Kostüm?"

„Ja, eines der Mädchen hat bei einer Bühnenprobe sein Outfit ruiniert", erklärte die Leiterin der Company und hielt prüfend ein elastisches Minikleid hoch. „Bedauerlicher Zwischenfall mit minderwertigem Kunstblut. Und du? Hast du eine neue Rolle gefunden?"

Klar, ich unterrichte jetzt, wie man auf effektive Weise sein letztes Hemd verliert. Ho-ho-ho. „Ähm", setzte ich an und musste mich räuspern, um die Kehle freizukriegen. „Ja, so ähnlich. Aber … es gibt echt keine andere Streetdance-Truppe in der Gegend, die ebenso gut ist wie die *Miami Motion Company,* und ich vermisse das ganz schrecklich, und ich, also, ich würde so gerne wieder mitmachen … bitte." Der letzte Satz war nur so aus mir herausgesprudelt, als hätte ich mich daran überfressen. Das kleine bisschen Stolz war wohl doch nicht mehr als ein *winziges* bisschen gewesen.

Miss Devinsky und Lady Violetta starrten mich gleichermaßen befremdet an, und ich bemerkte unpassenderweise, dass die beiden nebeneinander wirkten wie ein Storch neben einem Perlhuhn. Dann rückte die Kostümverkäuferin hastig ihren lilafarbenen Turban zurecht, murmelte etwas von wegen „Ich hole noch die passende Kette …“ und ging hinter einem Kleiderständer in Deckung.

Betreten richtete ich den Blick auf die Spitzen meiner ausgelatschten Chucks.

„So, du möchtest also zurückkommen“, hörte ich Miss Devinsky gedehnt sagen. Wegen der vielen Zigarillos, die sie immer in den Trainingspausen qualmte, erinnerte ihre Stimme an grobkörniges Schmirgelpapier. „Das wurde aber auch Zeit. Ich dachte schon, du hättest beschlossen, der Neubesetzung freiwillig das Feld zu überlassen.“

Mein Kopf flog hoch. „So ein Bullshi … Irrtum!“, platzte ich heraus, während sich eine fadendünne Augenbraue der Company-Leiterin nach oben wölbte. „Ich würde alles dafür tun, wieder die Maria tanzen zu dürfen!“

„Tatsächlich?“ Sekundenlang durchbohrte sie mich mit ihrem Blick, der mir schon früher immer das Gefühl gegeben hatte, splitternackt zu sein. Dann herrschte sie mich wie aus heiterem Himmel an: „Dürfte ich erfahren, was du für dieses Wochenende geplant hast?“

„Ich besuche meine Mom in Polk County“, antwortete ich plump, als ob Miss Devinsky sich tatsächlich dafür interessiert hätte. Sie wollte mich wohl kaum zu einer Pyjamaparty einladen.

Ohne auf meine Antwort zu reagieren, hängte sie nun das Minikleid an seinen Haken zurück und begann auf den Ausgang zuzuschreiten. „Für mich ist heute nichts dabei", sagte sie kühl, „aber du wirst dieses schwarze Kostüm nehmen, verstanden? Außerdem würde ich dir raten, übers Wochenende deine Choreografie noch einmal gründlich zu wiederholen. Ich sehe dich dann am Montag bei der Bühnenprobe im Colony Theatre, um zehn Uhr vormittags – *pünktlich.* Deine allerletzte Chance, mir zu beweisen, dass du eine ernstzunehmende Tänzerin bist."

Kurz vor der Tür stoppte sie noch einmal und drehte sich zu mir um, während ich immer noch zur Salzsäule erstarrt dastand. „Ach, Rayne? Du weißt, was du mit diesen Haaren anstellen musst, oder?"

Dann bimmelte wieder das Glöckchen, und Miss Devinsky war verschwunden.

10. Kapitel

Ich hatte keine Ahnung, was ich *mit diesen Haaren anstellen* sollte. Himmel, ich wusste ja nicht einmal mehr, wo mir der Kopf stand! Seit ich vom Kostümladen zurückgekehrt war, hatte ich mich derart in die ganze Sache hineingesteigert, dass ich wie Espenlaub zitterte, als Katie nach Hause kam.

„Und die Devinsky hat wirklich gesagt: *Das wurde aber auch Zeit*?", fragte meine Freundin stirnrunzelnd, nachdem ich ihr in wirren Satzfetzen von meinem Erlebnis erzählt hatte. „Obwohl sie mich klipp und klar abgewiesen hat, als ich sie zuletzt danach gefragt habe?"

„Ja, ganz genau. Was, glaubst du, hat das zu bedeuten?"

Zögernd wiegte Katie den Kopf. „Ich sage dir das ja nur ungern, Süße, aber … es scheint, als wollte sie dich auf die Probe stellen. Sie will sehen, ob du wirklich bereit bist, zu kuschen. Dich vor ihr kleinzumachen. Was sie braucht, ist eine disziplinierte Leadtänzerin, die funktioniert wie eine Aufziehpuppe und nicht immer ihren eigenen Willen durchzusetzen versucht. Denkst du, dass du das hinkriegst?"

Bei ihren Worten hatte sich alles in mir zusammengezogen, als hätte ich auf eine Zitrone gebissen. Normalerweise wären die Ausdrücke *kuschen, diszipliniert* und *Aufziehpuppe* ausreichend gewesen, um meinen Widerspruchsgeist zu wecken, und das wusste Katie genau. Schließlich verstand ich das Tanzen als eine Kunstform, die nichts damit zu tun hatte, sich wie ein dressiertes Äffchen aufzuführen. Allerdings hatte sich mein kindischer Trotz in der Vergangenheit als schlechter Berater erwiesen, und ich würde mir ganz bestimmt nicht diese letzte Chance verbauen.

„Ich denke, das schaffe ich", antwortete ich und war selbst überrascht, wie fest meine Stimme klang. „Um ehrlich zu sein, hat mir das Training mit Liam echt weitergeholfen. Ich wusste schon gar nicht mehr, wie viel Spaß es machen kann, seine ganze Energie in ein Projekt zu stecken und ohne Kompromisse daran zu arbeiten. Hab ich dir eigentlich erzählt, dass ich zu keiner einzigen unserer Trainingsstunden zu spät gekommen bin?"

„Gestern bist du sogar mehrfach gekommen", antwortete Katie prompt, dann fing sie meinen Blick im Spiegel auf. „Entschuldige. Ich sollte nicht darüber urteilen, wenn er dir ganz offensichtlich guttut." Mit geübten Bürstenstrichen bearbeitete sie meine Haare, bis sie mir glänzend über die Schultern fielen. Im Gegensatz zu mir trug sie nicht bloß einen Bademantel, sondern hatte bereits ihr geblümtes Kleid für heute Abend angezogen und sich eine elegante Hochsteckfrisur gemacht, die sie nun auch an mir ausprobieren würde.

Beschämt fummelte ich an meinen frisch lackierten Fingernägeln herum. „Das war ein einmaliger Ausrutscher, hab ich dir doch schon gesagt. Liam und ich sind bloß Kumpel. Es kann schon mal vorkommen, dass irgendwelche Gefühle überkochen, wenn man so intensiv zu zweit trainiert." Ich holte tief Luft und richtete mich auf dem Stuhl vor der Frisierkommode ein bisschen auf, als würde das helfen, meine Meinung zu bestärken. „Aber er tut mir wirklich gut, und das meine ich nicht in … ähm, körperlicher Hinsicht. Er motiviert mich einfach mit seiner Art, und damit, dass er meine Leistung als Tänzerin anerkennt. Als ich mit ihm zu trainieren begonnen habe, war er faul und arrogant, aber mittlerweile hat er wieder richtig Freude an seinem Job, und vielleicht gelingt mir das ja auch."

Erst während ich es aussprach, wurde mir bewusst, dass es stimmte. Erstaunlich, wie viel sich innerhalb weniger Tage verändern konnte. Auf einmal löste sich der nervöse Knoten in meinem Bauch und wich fast so etwas Ähnlichem wie Vorfreude.

Katie sagte nichts zu meinem Geständnis, sondern konzentrierte sich schweigend darauf, meine Haare festzustecken. Dann ging sie neben mir in die Hocke, um ihren Kopf mit meinem auf eine Höhe zu bringen. „Fertig. Wie gefällt es dir?"

Misstrauisch beäugte ich die beiden braungebrannten Frauen im Spiegel. Weil meine Haare länger waren als Katies, hatte sie die Frisur bei mir sogar noch etwas besser hinbekommen als bei sich selbst. So elegant, wie ich jetzt aussah, kam ich mir ganz fremd vor. Andererseits war das vielleicht gerade gut, um Liam zu beeindrucken.

Phil. Ich meinte, um Phil zu beeindrucken.

„Vielen Dank." Ich gab meiner Freundin einen Kuss auf die Wange. „Dann schlüpfe ich mal eben in dieses Kostüm, behänge mich mit dieser unsäglichen

Perlenkette und verwandle mich in meine eigene Urgroßmutter."

„Audrey Hepburn ist eine Legende", meinte Katie entrüstet. „Ich kann nicht glauben, dass du diesen Film nie gesehen hast."

„Dafür kann ich sämtliche Rocky-Teile mitsprechen, das muss doch auch was wert sein." Grinsend stieg ich in das schwarze ärmellose Kleid. Weil es so eng war, entschloss ich mich, mein Höschen darunter wieder auszuziehen, damit sich der Saum nicht unschön am Po abzeichnete. Katie beobachtete mich skeptisch, reichte mir dann aber kommentarlos die Kette. Gerade, als ich meine turnschuhverwöhnten Füße in ein Paar Pumps quetschte, klingelte es an der Tür.

„Ich geh schon!", platzte ich heraus, als wäre ich ein Mädchen am Abend seines Abschlussballs. Wie gewöhnlich wollte ich mit weiten Schritten in den Flur sprinten, bemerkte aber, dass mich mein Outfit zu einem ärgerlichen Trippelgang nötigte. Was tat man nicht alles, um vor seinem Ex gut dazustehen!

„Meine Güte, du bist ja grausam pünktlich", empfing ich Liam so kumpelhaft wie nur möglich, kaum dass ich die Tür aufgerissen hatte. „Weißt du denn nicht, dass man einer Dame immer mindestens fünf Minuten Gnadenfrist gewährt, ehe man sie … Was ist denn?"

Liam stand immer noch unbeweglich am selben Fleck, den Arm weiterhin zum Klingelknopf erhoben. Weil er mit einem dunklen Anzug bekleidet war, bot er dabei zwar einen sehr erfreulichen Anblick, erinnerte aber auch an eine Wachsfigur. Endlich atmete er mit einem hörbaren Schnaufen aus. „Sehr erfreut, deine Bekanntschaft zu machen. Du musst Raynes Mitbewohnerin sein. Ich hätte nicht gedacht, dass du sogar noch schärfer bist als sie."

„Blödmann", konterte ich – weniger Abschlussball, mehr Sweet-Sixteen-Party. Angestrengt hielt ich das alberne Lachen zurück, das aus meinem Bauch nach oben blubberte. Wenn ich mich später im Restaurant nicht zum Gespött machen wollte, musste ich mich dringend zusammenreißen.

Inzwischen hatte sich Katie schüchtern genähert und die Hand zu einem kleinen Winken erhoben. „Nein, ich bin die Mitbewohnerin. Hi."

„Und sie *ist* verdammt scharf", verkündete ich, während ich einen Arm um ihre Taille schlang.

„Zweifellos." Liam betrachtete uns beide so eingehend, dass ich förmlich spüren konnte, wie meine kumpelhafte Fassade Sprünge bekam. Um sie wieder ein bisschen zu festigen, verpasste ich Liam einen spielerischen Schlag in den Bauch (was sich so ähnlich anfühlte, wie gegen eine Ziegelmauer zu boxen. *Verdammt!*) und fragte:

„Du hast hoffentlich einen akzeptablen fahrbaren Untersatz für zwei Ladies wie uns, oder?"

„Ich denke, ihr werdet zufrieden sein." Liam führte uns auf die Straße und deutete auf ein rotes Cabrio, das direkt vor der Haustür parkte.

Ich pfiff leise durch die Zähne. „Erzähl mir nicht, du hättest dir das nur durchs Strippen finanziert?!"

„Eigentlich gehört es meinem Kumpel Jared, auch bekannt als Snake." Beiläufig tippte Liam auf das Symbol einer sich windenden Schlange, das in schwarzer Farbe auf einen Kotflügel gesprayt war. „Ich darf es mir öfter mal ausleihen, muss aber immer meine Kronjuwelen als Pfand setzen, falls dem Baby irgendwas zustoßen sollte."

Schnell glitt ich auf den Rücksitz und zog Katie an meine Seite, als wäre sie mein fleischgewordener Schutzpanzer. Da hatten wir gerade mal seit drei Minuten wieder Kontakt, und schon waren wir bei Liams Kronjuwelen angelangt. Wenn das so weiterging, würde es ein strapaziöser Abend für unsere Freundschaft werden.

Während der Fahrt klapperte ich möglichst unverfängliche Themen ab und redete ohne Punkt und Komma über das angenehme Wetter, die Umgebung, die letzten Lottozahlen, eine Kochsendung, die ich gesehen hatte, und – ach ja – noch einmal über das wirklich äußerst angenehme Wetter. Mein Mund fühlte sich schon ganz fusselig an, als wir endlich vor dem Restaurant Halt machten.

Ein junger Mann in Uniform nahm erst uns und dann den Schlüssel zum Cabrio in Empfang, denn natürlich gab es hier einen Parkservice. Jetzt war ich doch froh darüber, mich gegen das peppige Flamenco-Kostüm entschieden zu haben: Alle Gäste, die vor uns durch die hell erleuchteten Flügeltüren schritten, waren gekleidet wie auf dem Weg zu einer royalen Hochzeit. Nun, in Anbetracht der Umstände erschien das gar nicht so verkehrt. Mit angespanntem

Kiefer hielt ich nach dem glücklichen Paar Ausschau und entdeckte die beiden am Eingang zum Séparée, welches für das Probe-Essen reserviert war:

Rachel trug ein cremefarbenes Kleid, das so wirkte, als hätte sie es Herzogin Kate persönlich vom Leib gerissen. Ihr hellbraunes Haar war zu niedlichen Löckchen gedreht, und ihre Zähne leuchteten zwischen den rosa geschminkten Lippen, während sie einen Besucher nach dem anderen strahlend begrüßte. Dabei schaffte sie es irgendwie, unzählige Wangenküsschen zu verteilen, ohne ihr Make-up zu gefährden oder auch nur eine Sekunde lang Phils Arm loszulassen.

Ich hatte gerätselt, wie es wohl sein würde, meinen Exfreund nach mehreren Monaten wiederzusehen. Insgeheim war ich davon überzeugt gewesen, dass bei seinem Anblick unweigerlich all die alten Gefühle wieder hervorbrechen würden, und dass es mir schwerfallen würde, die Fassung zu bewahren. Zu meiner Überraschung blieb dieser Ansturm von Empfindungen allerdings aus. Ich kam mir eher vor wie betäubt. Das Einzige, was ich ganz deutlich spürte, war Liams warme Hand an meinem unteren Rücken, während er mich auf das baldige Brautpaar zuschob.

„Katie-Kätzchen!“, posaunte Phil, kaum dass er uns entdeckt hatte, und zog meine überrumpelte Freundin an seine Brust. „Es ist viel zu lange her!“

„Da hast du recht, Philly“, antwortete sie, vor Verlegenheit ein bisschen piepsig.

Ich stand daneben wie bestellt und nicht abgeholt, aber irgendwie konnte ich mich nicht richtig auf die Demütigung konzentrieren. Liam hatte nämlich angefangen, seinen Daumen leicht an meiner Wirbelsäule auf und ab zu bewegen. Ich ließ es ihm nur deshalb durchgehen, weil ich keine Aufmerksamkeit auf uns ziehen wollte.

Während Phils Wiedersehensfreude gegenüber seiner Highschool-Kollegin offenbar noch anhielt, widmete sich nun Rachel der Aufgabe, mich zu begrüßen. „Rayne Adams, nicht wahr? Philipp hat von dir erzählt", sagte sie, ohne sich anmerken zu lassen, welche Geschichten genau sie über mich gehört hatte. Mir selbst war sie von zahlreichen profimäßigen Fotos auf Facebook bekannt, aber ich hatte keine Ahnung, ob Phil mich auch als ihre „Vorgängerin" präsentiert hatte.

„Ich wusste nicht, dass du in Begleitung erscheinen würdest …?" Ihre veilchenblauen Augen richteten sich auf Liam, der immer noch meinen armen Rücken belästigte.

„Das ist mein Kumpel", platzte ich heraus, nachdem mir das Wort nun schon seit Stunden im Kopf herumgegeistert war. Rachel runzelte die Stirn, und ich konnte es ihr nicht wirklich übelnehmen: Bekannter, Kollege, Freund, all diese Ausdrücke wären dem Anlass angemessener gewesen. Zum Glück schien Rachel aber eingefallen zu sein, dass solche Gesichtsakrobatik zu vorzeitiger Faltenbildung führte, und sofort wurde ihre Haut wieder seidenglatt.

„Wie nett." Sie reichte Liam die Hand auf eine Art, dass er nur das vordere Ende ihrer Finger zu fassen bekam. „Macht es euch doch schon mal bequem."

Zur Verdeutlichung ihrer Worte zeigte sie auf die lange Tafel, die mit Gläsern, Gabeln und Löffeln in allen möglichen Größen beladen war. Hastig rief ich mir die Restaurant-Szene aus *Pretty Woman* in Erinnerung, einem Film, den Katie mir praktisch aufgezwungen hatte: Hoffentlich stimmte es tatsächlich, dass ich mich beim Besteck von außen nach innen vorarbeiten musste … und hoffentlich entfuhr mir im Gegensatz zu Julia Roberts nicht der Ausruf *Schlüpfrige kleine Scheißerchen.* Auch wenn mir so was Ähnliches auf der Zunge lag, als ich an Phil vorbeiging und er mich behandelte wie allerdünnste Gebirgsluft.

Gut möglich, dass Liam denselben Film im Kopf hatte wie ich, denn er verhielt sich wie ein vollendeter Gentleman. Gekonnt rückte er zuerst Katie, dann mir einen Stuhl am untersten Ende der Tafel zurecht, damit wir uns in unseren Kleidern bequem hinsetzen konnten. Anschließend nahm er neben mir Platz, und ich war beinahe enttäuscht, dass er nicht die Gelegenheit für eine weitere Berührung ergriff. Offenbar hatte die Hand an meinem Rücken einzig und allein dazu gedient, mir während der Begegnung mit Phil Trost zu spenden. Was war ich nur für eine dumme Gans, dass ich mir etwas anderes eingebildet hatte? Liam schien mit Leichtigkeit über den gestrigen Vorfall hinwegzugehen, also würde mir das auch gelingen.

Inzwischen hatten sich sämtliche Gäste im Séparée eingefunden, und ein Herr mit grauen Schläfen – vermutlich der Vater der Braut – begrüßte uns alle gestelzt. Danach wurde der erste Gang aufgetragen, von dem ich beim besten Willen nicht hätte sagen können, woraus er bestand. Irgendein Hauch von Nichts, zu Schaum geschlagen und mit Minzblättchen garniert. Ich wusste nicht, woher Liam seine Information über das Steak hatte, aber wenn ich mir dieses Gericht so anschaute, sah ich schwarz für jegliche Form von herzhafter Kost. Ich hob den Kopf und wollte ihm die Hoffnung auf Pommes frites nehmen, als sich mein Blick mit seinem verhakte.

Liam starrte mich an.

Hungrig. Und definitiv nicht auf Fritten.

Erschrocken ließ ich das winzige Löffelchen fallen und spürte, wie mir das Blut in die Wangen schoss. Von einer Sekunde auf die andere schienen alle höflich plaudernden Menschen um mich herum in den Hintergrund zu rücken, während mir der Puls in den Ohren dröhnte.

„Heiß hier drin, oder?“, sagte ich wie in Trance, ohne dass ich in der Lage gewesen wäre, mich von diesem hypnotischen Türkisblau zu lösen.

Liams Augen bewegten sich keinen Millimeter, während er antwortete. „Allerdings.“

„Dabei war es draußen doch weder zu warm, noch zu kalt. Es herrscht zurzeit wirklich ganz angenehmes …“

„Wenn du wüsstest, wie scharf deine Brüste in diesem Kleid aussehen.“ Liam hatte sich vorgebeugt, als wollte er nach dem Salzstreuer greifen, und seine Stimme war nicht mehr als ein leises Raunen. Trotzdem erreichte sie direkt ihr Ziel, schwang in mir nach, setzte meinen Körper unter Strom.

Vorsichtig neigte ich mich zur Seite und streckte meine Hand ebenfalls nach dem Salzstreuer aus. „Was soll das werden?“, flüsterte ich, die Augenbrauen so streng wie möglich zusammengezogen. „Wir sind hier mit über zwanzig anderen Leuten in einem Raum. Du wirst dich doch hoffentlich beherrschen können?!“

„Natürlich. Solange du es auch kannst …?“

Als meine Finger auf Liams stießen, fuhr mir ein Prickeln den Arm hinauf, aber ich zwang mich, es reglos zu ertragen. „Du hältst dich also für unwiderstehlich.“

Liams Daumen glitt über meinen. „Und du bist es.“

Wie elektrisiert zog ich meine Hand zurück und warf dabei den Salzstreuer um. Er rollte mit einem Klappern quer über die Tischplatte, bis er auf der anderen Seite von einer entrüsteten Dame im Burberry-Kleid gestoppt wurde.

Oh, dieser hinterhältige, gerissene Schleimer. Ganz offensichtlich hielt er sein Spiel bereits für gewonnen, aber mein Ehrgeiz war gerade erst erwacht. Und wenn das hier nur dazu diente, Liam Parker ein einziges Mal in seine Schranken zu weisen – ich nahm die Herausforderung an.

Durchatmend setzte ich mich wieder aufrecht hin und widmete mich der restlichen Mousse auf meinem Teller. Obwohl ich dabei stur nach vorne schaute, konnte ich Liams Blick immer noch fühlen. Ich ahnte, dass er mich ununterbrochen beobachtete, während ich meinen Löffel mit blassgrünem Schaum belud. Dann schob ich mir das Ganze zwischen die Lippen und ließ es mir auf der Zunge zergehen, als wäre nicht das Geringste passiert. Okay, vielleicht nahm ich mir dafür etwas mehr Zeit als üblich. Aber in einer solchen Gesellschaft ziemte es sich bestimmt nicht, zu schlingen, oder?

Gerade wollte ich mir in Zeitlupentempo den nächsten Happen genehmigen, als Liam unter dem Tisch sein Knie zu mir herüberlehnte. Sein Oberschenkel schmiegte sich gegen meinen. Wegen des hohen Beinausschnitts meines Kleides wurden wir nur durch seine Anzughose getrennt, und ich konnte spüren, wie sich seine Muskeln unter dem Stoff anspannten. Trotzdem musste es für die anderen so aussehen, als wollte er nur eine beiläufige Bemerkung machen, während sich sein Gesicht meinem näherte. „Ich weiß noch ganz genau, wie diese Lippen schmecken." Und noch ein bisschen näher: „Aber ich will dich wieder kosten, Rayne. Überall."

Instinktiv langte ich unter den Tisch, um sein Bein wegzuschieben. Gleich darauf ließ mich dieser Instinkt aber offenbar im Stich, denn meine Hand landete um mehrere Zentimeter daneben.

Oder genau richtig. Wie man's nimmt.

„Ja, das kann ich spüren", entfuhr es mir.

Ein warmer Luftzug streifte meine nackte Schulter, als Liam ausatmete. Am anderen Ende der Tafel stand eine kugelrunde Dame auf, die sich als Rachels Großtante Ruthie vorstellte, und begann eine Rede zu Ehren des Brautpaars zu halten. Jeder lauschte ihr höflich, alle Blicke waren von uns abgewandt. Auch ich drehte mich pflichtschuldig zur anderen Seite – und hätte beinahe aufgestöhnt, als mich Liams Zungenspitze im Nacken traf.

„Ich will dich auch spüren", antwortete er dann leise, und aus dieser Nähe schien sein Atem auf meiner Haut fast zu brennen. Federleicht umspielten seine Lippen meinen obersten Halswirbel, küssten die empfindliche Stelle, die normalerweise von meinen offenen Haaren verdeckt wurde. Bei jeder seiner Berührungen rieselte ein weiterer Schauer durch mich hindurch und trug die Hitze bis hinunter in meinen Schoß. Versteckt vom Tischtuch schlug ich die Beine übereinander, aber das machte alles nur noch schlimmer.

„Hör sofort auf!", gelang es mir, zu zischen.

„Warum?" Der nächste Kuss traf mich etwas weiter seitlich, knapp unterhalb meines Ohrs. Auf meinen nackten Armen erschien eine Gänsehaut. „Ist das zu viel für dich, Coach?"

Ich verlagerte mein Gewicht, doch das half nicht dabei, den Druck zwischen meinen Oberschenkeln zu verringern. Die Beine jetzt wieder auseinanderzuschlagen, wagte ich nicht. Vorne referierte Tante Ruthie gerade darüber, dass sich Rachel schon als kleines Mädchen für Kostümpartys immer als Braut verkleidet hatte (was für ein Schwachsinn), und es war nur eine Frage der Zeit, bis irgendjemandem mein Gezappel auffiel.

Na schön. Anscheinend wollte Liam es nicht anders haben.

Sehr langsam und sehr bewusst platzierte ich meine Hand wieder dort, wo sie vorhin eher zufällig gelandet war. Dann schob ich sie Millimeter für Millimeter aufwärts. Liams Mund verharrte an meinem Nacken, als wäre er mitten in der Bewegung eingefroren.

„Nein, es ist nicht zu viel“, hauchte ich, ohne mich zu ihm umzudrehen. „Sondern nicht genug. Das ist es erst, wenn du wieder auf mir liegst und mich mit deinem ganzen Gewicht in die Matratze drückst.“

Rachels Tante machte eine kurze Redepause, in der ich hören konnte, wie Liam hinter mir schwer schluckte. Und das war nicht der einzige Beweis dafür, dass meine Worte ihre Wirkung nicht verfehlt hatten. Meine Handfläche lag jetzt gerade so auf seinem Oberschenkel, dass es für einen Außenstehenden noch als halbwegs sittsame Geste durchgegangen wäre, aber an den Fingerspitzen fühlte ich deutlich die Ausbuchtung seiner Hose. Inzwischen waren Liams Atemzüge ebenso hastig wie meine eigenen.

„Und dann?“, fragte er tonlos. „Willst du es wieder schnell und hart, genau wie gestern? Oder soll ich dir die Hände über dem Kopf zusammenhalten und mich ganz langsam bewegen, bis du dich unter mir windest und es kaum mehr erträgst …“

Ein Kribbeln setzte zwischen meinen Schenkeln ein, und mein Herz vollführte einen panischen

Sprung. Lieber Himmel, ich hatte ja keinen Slip an! Wenn ich so weitermachte, würde sich das Ergebnis unseres Spiels auf meinem Kleid abzeichnen, völlig egal, wer dabei gewann. Ich riss mich von Liam los und stand ruckartig von meinem Stuhl auf. Mehrere Gäste drehten sich zu mir um, und Katie griff besorgt nach meinem Arm.

„Ist alles in Ordnung?"

„Klar, ich muss nur schnell zur Toilette", wisperte ich und drängelte mich an Liam vorbei, der plötzlich nur noch Augen für die schwadronierende Ruthie hatte. Jedenfalls hatte er sich komplett nach vorne gedreht, sodass ich seinen Gesichtsausdruck nicht sah.

Mit zittrigen Knien eilte ich aus dem Séparée und machte wohl einen ziemlich hilfebedürftigen Eindruck, denn ein Kellner winkte mich gleich in die gewünschte Richtung. Erleichtert stellte ich fest, dass die Toilette erstens nicht besetzt war, und dass man zweitens den gesamten Waschraum von innen absperren konnte. Ich lehnte mich gegen die kühle Fliesenwand und schloss die Augen.

Leider dauerte es nicht lange, bis ein zartes Pochen an der Tür erklang. *Katie.* Vermutlich wäre ich meiner Freundin ebenfalls gefolgt, wenn sie sich in aufgelöstem Zustand vom Tisch entfernt hätte, aber gerade jetzt konnte ich ihre Fürsorge überhaupt nicht gebrauchen.

„Einen Moment noch!", japste ich, während das Blut immer noch viel zu stark zwischen meinen Beinen pulsierte.

Sofort klopfte es erneut, und diesmal hörte es gar nicht mehr auf. Nur mit Mühe gelang es mir, einen Fluch zu unterdrücken. „Schon gut! Ich komme ja gleich!" Ich raffte mein Kleid mit einer Hand hoch und wankte die paar Schritte zurück zur Tür, legte meine andere Hand auf den Riegel …

… und in der nächsten Sekunde stolperte ich nach hinten, weil die Tür mit voller Wucht aufflog. Mein Rücken prallte gegen die Wand. Ehe ich das Gleichgewicht wiedererlangen konnte, war Liam auch schon bei mir und presste seinen Mund auf meinen. Zuerst war ich vor Fassungslosigkeit wie gelähmt, doch dann warf ich beide Arme um seinen Hals und verlor mich in dem Kuss. Immer wieder drängte ich meine Zunge gegen seine, konnte gar nicht genug davon bekommen. Liam musste schon einiges an Kraft aufwenden, um sich von mir zu lösen.

„Du kommst gleich, hm?", wiederholte er schwer atmend meine letzten Worte, während er die Tür abschloss. „Daran will ich aber teilhaben."

Er schien tatsächlich auf meine Zustimmung zu warten, stand ohne mich zu berühren vor mir, bis ich mich wieder gegen die Wand sinken ließ. Meine Lider schlossen sich wie von selbst. *„Bitte."*

Unvermittelt ging Liam in die Hocke, fuhr mit einer Hand den Schlitz meines Kleides hinauf und drückte dann meine Knie fest auseinander. Mit gespreizten Beinen stand ich da, mein Becken leicht vorgewölbt. Sobald Liam mit meiner Pose zufrieden war, richtete er sich wieder auf und strich dabei mein nacktes Bein entlang. An meiner Leiste stoppte er kurz, wahrscheinlich in der Erwartung, nun auf den Saum eines Höschens zu stoßen. Als er stattdessen nur erhitzte Haut fühlen konnte, entwich sein angehaltener Atem mit einem Seufzen.

„Jetzt lass dich fallen, Coach."

Noch bevor er ausgesprochen hatte, begann er seine Hand wieder zu bewegen. Diesmal benutzte er nicht wie gestern seine Fingerspitzen, sondern den Ballen, indem er ihn rhythmisch nach oben drückte. Das war kein neckendes Streicheln, kein spielerisches Hinhalten – Liam ging gleich aufs Ganze und peitschte mich regelrecht bis zum Höhepunkt. Die Flutwelle aus Empfindungen war so stark, dass ich mich kaum mehr auf den Beinen halten konnte. Damit ich nicht zusammenbrach, musste Liam einen Arm um meine Taille schlingen, während seine andere Hand weiterhin an derselben Stelle ruhte. Erst als mein Beben ein wenig abflaute, zog er sie zwischen meinen Schenkeln hervor und lehnte sich zu mir herunter.

„Gott, Rayne, du bist so feucht", stöhnte er in mein Haar. Aus dem Augenwinkel beobachtete ich, dass er die Handfläche über das Innenfutter seiner Anzugjacke wischte, anstatt sie an einem Papiertuch zu reinigen. Ich hätte selbst nicht den Grund dafür nennen können, warum mich diese Geste so erregte.

„Ich weiß", antwortete ich flüsternd. „Was glaubst du, weshalb ich von der Tafel verschwinden musste?"

Liams türkisblauen Augen blitzten. „Also habe ich das Spiel gewonnen?"

Ich hielt seinen Blick sekundenlang fest, dann schüttelte ich den Kopf. „Noch nicht."

Ohne mich von ihm abzuwenden, tastete ich dorthin, wo ich einen unablässigen Druck gegen meinen Bauch spürte. Meine Hände waren noch etwas zittrig, und so dauerte es eine Weile, bis ich den Knopf von Liams Anzughose geöffnet hatte. Dann streifte ich kurzentschlossen meinen Anflug von Verlegenheit wieder ab – und, einem Impuls folgend, auch meine Kette, die sich halb in meinem Ausschnitt verfangen hatte. Liams Augen weiteten sich, als ich mir die Perlenschnur in den Mund schob. Gebannt sah er dabei zu, wie ich sie mit der Zunge umspielte, ehe ich sie angewärmt und feucht glänzend wieder herausholte. Nun bekam seine selbstbewusste Fassade offensichtlich Sprünge.

„Was hast du vor?", fragte er rau.

Anstelle einer Antwort griff ich nach unten und schlang die Kette ein paarmal um seine Erektion. Ich hatte schon vorher bemerkt, wie gut es sich anfühlte, die Perlen an meinen Fingern entlangzurollen. Ob der Effekt sich auch auf andere Körperstellen übertragen ließ, war zumindest einen Versuch wert …

Und das Ergebnis folgte unmittelbar in Form eines langgezogenen Stöhnens. Liam ließ den Kopf in den Nacken fallen und spannte den Kiefer merklich an. Als ich die Kette abermals über seine ganze Länge abrollte, riss er einen Arm nach oben und suchte an der Mauer neben mir nach Halt. Seine Anzugsjacke war ihm über die Schultern gerutscht, und sein Bizeps zeichnete sich unter dem Hemd ab.

„Warte, ich … ich kann mich gleich nicht mehr zurückhalten“, warnte er mich gepresst.

„Bist du getestet?“, fragte ich übergangslos.

„Ja, Mr. D drängt uns regelmäßig dazu, aber wieso … *Ah,* Rayne.“ Schnell hatte ich mich auf die Knie niedergelassen und die Perlen mit einer fließenden Bewegung entfernt. Dann umschloss ich die Spitze seiner Erektion mit meinen Lippen.

Es war ein irres Gefühl, mitzuerleben, wie Liam meinetwegen die Kontrolle verlor. Beinahe tat es mir leid, ihm nicht ins Gesicht schauen zu können, während ich meine Zunge an ihm entlangführte, ihn immer wieder fast ganz aus meinem Mund gleiten ließ und dann wieder aufnahm. Ich wurde aber durch sein unbeherrschtes Keuchen entschädigt, das von den gefliesten Wänden widerhallte, und dadurch, wie er seine Finger krampfhaft in meinem Haar vergrub. Noch ein letztes Mal saugte ich ihn zwischen meine Lippen, ehe es ganz still wurde. Der Höhepunkt musste Liam den Atem geraubt haben. Mehrere Sekunden verstrichen, bis er die Hände langsam aus meiner zerwühlten Frisur zog und mir auf die Beine half. Anschließend drückte er mich gegen seine Brust, in der sein Herz immer noch wie verrückt hämmerte.

Wenn mir früher an diesem Tag irgendjemand gesagt hätte, dass ich während Phils Probe-Essen vollkommene Zufriedenheit erleben würde, dann hätte ich ihn wohl für wahnsinnig erklärt. Aber in diesem Moment war ich genau das – einfach nur warm und erschöpft und durch und durch glücklich.

Wie gesagt: in diesem Moment. Aber der war auch ganz schnell wieder vorbei, als von draußen ein kokettes Zwitschern ertönte: „Hallo? Geht das auch etwas schneller? Hier ist die Braut!“

11. Kapitel

Meine Reaktion wäre wohl kaum noch heftiger ausgefallen, wenn die Worte stattdessen gelautet hätten: *Hier ist Godzilla.*

Wie elektrisiert zuckte ich vor Liam zurück und wusste nicht, was ich als Erstes in Ordnung bringen sollte: mein verrutschtes Kleid oder das Vogelnest auf meinem Kopf. „Scheiße. Scheiße, scheiße, *scheiße!*“

„Okay.“ Verständnislos beobachtete mich Liam bei meinem panischen Herumgehampel. „Ich hätte zwar gesagt, das eben war phänomenal, aber anscheinend hast du viel höhere Ansprüche als …“

„Pschhhht!“ Ich sprang wieder auf ihn zu, legte ihm eine Hand über die Lippen und durchbohrte ihn gleich darauf mit einem bitterbösen Blick, als er mir in den Finger biss. „Sei bitte still! Rachel darf auf keinen Fall hören, dass ich hier nicht alleine bin!“

„'md miefo mifft?“

„Weil dann alles umsonst gewesen wäre!“

Es war Liam anzumerken, dass ihn meine Antwort nur noch mehr verwirrte. Aber wie hätte ich ihm erklären sollen, dass ich mir vor allem gewünscht hatte, heute Abend einen guten Eindruck zu machen? Beinahe hätte ich gewimmert, als nun auch noch Phils Stimme durch die Tür drang: „Liebling, was ist denn da drinnen los?“

„Keine Ahnung! Ich wollte mir nur rasch die Nase pudern, ehe der Hauptgang aufgetragen wird, aber irgendjemand hat sich im Waschraum verrammelt …“

Rasch verstärkte ich den Druck auf Liams Mund, weil es ganz danach aussah, als wäre ihm zum Begriff *verrammelt* etwas Originelles eingefallen. Obwohl ich diese Bemerkung in Keim ersticken konnte, dämmerte mir, dass es kein Entrinnen für mich gab. Phil und Rachel warteten offenbar gemeinsam vor dem Damenklo, um jene Person mit Verachtung zu strafen, die es gewagt hatte, während ihres Probe-Essens Harndrang zu verspüren. Notdürftig stopfte ich Liams Hemdsaum in seine Hose – er breitete dabei die Arme aus, als wollte er sagen: *Baby, was auch immer du willst* –, dann öffnete ich resignierend die Tür.

Eines musste man Rachel Van Thyne zugutehalten: Sie schaffte es meisterhaft, ihre Gesichtszüge nicht entgleisen zu lassen. Trotzdem huschte ihr Blick sofort zu Liams halb ausgezogenem Sakko, weiter über die Perlenkette in meiner Hand, und blieb schließlich an meiner aufgelösten Frisur hängen.

„Ihr verpasst den nächsten Gang“, sagte sie steif und drängte Phil von der Tür weg, der über ihre Schulter spähte. Vor lauter Scham konnte ich mich nicht einmal entschuldigen. Wie ein geprügelter Hund schlich ich an den Zweien vorbei und hörte, wie Rachel ihrem Verlobten zuzischte: „Mit dieser Person warst du liiert? Ich dachte schon, es läge an mir, aber – jetzt wundert es mich nicht mehr, dass du abstruse Vorstellungen über *das Schlafzimmer* hast.“

Phils Antwort konnte ich nicht verstehen, obwohl der Tonfall nicht viel Spielraum für Interpretationen ließ. Vermutlich hatten sich meine Ohren aus Selbstschutz ganz einfach von innen verschlossen. Kaum weniger zittrig, als ich aus dem Séparée geflohen war, stolperte ich wieder hinein und bekam nur am Rande mit, dass Liam mir dicht auf den Fersen war. Zum Glück wurde soeben etwas Getrüffeltes aufgetragen, sodass unsere Ankunft von den meisten Gästen unbemerkt blieb. Ich senkte den Kopf tief über meinen Teller und stocherte in dem edlen Gericht herum, als bestünde es aus Pappe.

„Hey", hörte ich Liam leise neben mir sagen. „Jetzt mach dir mal keine Gedanken wegen der beiden. *Sie* ist verklemmt und *er* hat es ganz offensichtlich nötig ..."

Aber ich brachte es nicht über mich, etwas zu erwidern. Stumm fuhr ich damit fort, die Wachtel vor mir ein zweites Mal zu massakrieren, bis ein Kellner den Teller unter meiner Gabel wegzog. Da erst realisierte ich, dass jemand klingelnd gegen den Rand eines Weinglases schlug. Böses ahnend schaute ich zum anderen Ende der Tafel – wo ausgerechnet Phil sich von seinem Platz erhoben hatte.

Auf einmal wünschte ich mir nichts sehnlicher, als mit der Wachtel tauschen zu können.

„Verehrte Gäste, liebe Familie und Freunde", begann Phil seine Ansprache. „Ich bin überglücklich, heute in eurer Runde sein zu dürfen. Viele von euch kennen mich schon seit Jahren, haben all meine kleinen Verirrungen und Fehltritte miterlebt. Aber wie heißt es so schön? Der Mensch ist die Summe seiner Erfahrungen, und Erfahrung ist die Summe aller Dummheiten. Letztendlich hat mich meine Erfahrung bis hierher geführt – zu meiner perfekten, wunderbaren Braut." Ein Seufzen ging durch die Zuhörer, und Rachel schaffte es, mädchenhaft verlegen auszusehen, ohne tatsächlich zu erröten.

„Ich hoffe, du verzeihst mir all meine vergangenen Dummheiten, weil sie mich zu dem Mann geformt haben, der ich heute bin", fuhr Phil in einem zärtlichen Tonfall fort, ehe er sich zu einer Frau mit Pagenfrisur wandte, die ganz in der Nähe saß.

„Liz, du warst meine allererste Verlobte. Schön, unsere Ringe bestanden aus Lakritz und wir beide gingen noch in den Kindergarten, aber es war uns bitter ernst." Gedämpftes Lachen ertönte, während Phil sein Weinglas in Richtung der Frau hielt.

„Eine Hochzeit zwischen uns wäre eine Katastrophe gewesen, weil wir uns immer gegenseitig Käfer in den Kragen gestopft haben. Aber trotz dieser unüberwindbaren Hürde zählst du heute zu meinen engsten Freunden. – Genau wie du, Michael *The Womanizer* O'Brian! Jawohl, deinen Spitznamen habe ich ebenso wenig vergessen wie unsere gemeinsame Zeit auf dem College. Ich hoffe, du hast mir inzwischen verziehen, dass ich damals deinen Wagen zu Schrott gefahren habe." Diesmal prostete er einem Vollbartträger zu, der die Geste mit sichtlichem Amüsement erwiderte.

„Und natürlich Rayne Adams."

Seine Worte hatten auf mich dieselbe Wirkung wie ein Guss eisigen Wassers. Zuerst bekam ich keine Luft, und dann zog ich wie zum Selbstschutz die Schultern hoch. Phil richtete den Blick nicht direkt auf mich, sondern schaute immer noch freundlich in die Runde, als wäre ich eine allgemein berühmte und geschätzte Persönlichkeit. Im Gegensatz zu manchen anderen hier kannte ich ihn aber wirklich gut genug, um die leichte Veränderung seiner Stimme zu bemerken. „Jeder junge Mann macht einmal eine Phase durch, in der es ihm nur darum geht, seine Hörner abzustoßen. Und wer könnte dafür besser geeignet sein als eine Frau, die ihr Geld mit vollem Körpereinsatz verdient …?"

Sekundenlang herrschte absolute Stille, bis Phil die Spannung mit einem charmanten Zwinkern auflöste. „Ganz knapp daneben, Leute. Rayne ist Tänzerin."

Erleichtertes Gelächter hier und da, Rachel verbarg ihr Kichern hinter vorgehaltener Hand. „Uuh", machte Collegefreund Michael, aber Phil winkte grinsend ab.

„Rayne versteht den Spaß, stimmt's? Sie war ja auch sonst immer für alles zu haben. Wir kannten eben damals beide unsere Prioritäten noch nicht, oder, meine Liebe? Aber es war eine gute Zeit, in der ich gelernt habe, worauf ich bei einer Partnerin wirklich Wert lege. Und auch du wirst irgendwann einen Mann finden, der stolz auf dich sein kann. Da bin ich mir ganz sicher." Liebevoll schaute er auf Rachel hinab, die über seinen Arm streichelte, und schenkte mir dann ein strahlendes Lächeln. In diesem Moment durchzuckte mich die Erinnerung daran, dass er ganz genau so gelächelt hatte, als ich ihm zum ersten Mal meine Liebe gestanden hatte. Unter seinem Blick ballte sich mein Magen wie eine Faust zusammen. Plötzlich kam mir Phil so vertraut und zugleich so unendlich fremd vor, als hätte ich unsere Beziehung nur geträumt.

„Trinken wir also auf all unsere Fehler, und darauf, dass wir an ihnen wachsen!“, schnitt Rachels Flöten durch meine Taubheit.

„Auf unsere Fehler!“, kam es vielstimmig zurück. Rundherum wurden Gläser erhoben, aber ich nahm es nur schemenhaft wahr, weil alles in meinem Blickfeld verschwamm. Während getrunken und applaudiert wurde, rang ich mit angehaltenem Atem um Fassung. Ich kam erst wieder einigermaßen zu mir, als der Beifall zu Ende war. Nur eine Person klatschte noch immer, schien sich vor Begeisterung gar nicht mehr einzukriegen. Entsetzt realisierte ich, dass es Liam war.

„Bravo.“ Er hatte sich sogar von seinem Stuhl erhoben und applaudierte übertrieben an das Brautpaar gewandt. „Nein, wirklich, was für eine entzückende kleine Rede. Hut ab.“

Wahrscheinlich hätte ich ihn packen und auf die Sitzfläche zurückziehen sollen, aber ich war einfach viel zu fertig dazu. Völlig apathisch erwartete ich eine weitere Blamage, nicht sicher, ob der Abend überhaupt noch schlimmer werden konnte. Mittlerweile hatte auch der letzte Gast kapiert, dass hier nicht alles mit rechten Dingen zuging. Phil schien die Situation noch irgendwie retten zu wollen, indem er Liam zunickte und eine kumpelhafte Geste machte.

„Danke, Mann. Freut mich, dass es dir gefallen hat."

„Oh nein, ich danke *dir*!" Liams liebenswürdige Miene stand der von Phil in nichts nach. „Obwohl ich mich eigentlich bei deiner reizenden Verlobten bedanken sollte, ohne die ich heute gar nicht hier wäre." Neckisch winkte er Rachel zu, inklusive einzeln wackelnder Finger. Sie schaute zurück, als hätte er nicht mehr alle Murmeln im Trichter – was, soweit ich das beurteilen konnte, höchstwahrscheinlich zutraf.

„Wissen Sie", wandte sich Liam nun an die restlichen Personen, „es war schon ein ganz besonderes Erlebnis für mich, als ich den Anruf von Miss Van Thyne erhielt. Normalerweise sind Probe-Essen nämlich nicht unser Einsatzgebiet. Wir werden für Polterabende engagiert, das ja, aber doch nicht für Familienfeiern. Und dann auch immer nur von der Brautjungfer als Überraschung für die Braut. Aber was gibt es Cooleres als eine Frau, die ihrem Gatten in spe einen so intimen Wunsch erfüllt, und das sogar im Kreise all ihrer Lieben? Bra – vo, kann ich da nur sagen."

Beiläufig fasste Liam in die Tasche seiner Anzughose und holte sein Smartphone hervor. Während er immer noch wie ein Honigkuchenpferd in die verwirrte Runde strahlte, tippte er auf das Display, bis eine Melodie aus dem Lautsprecher drang. Es war der Song, zu dem wir trainiert hatten.

Moment. *Der Song, zu dem wir trainiert hatten?!*

Nun änderte sich Liams Miene – kaum merklich, aber mein Herz stolperte, als ich den Ausdruck erkannte. „Ladies and Gentlemen“, verkündete er mit dem vollkommensten aller Gesetzesbrecherlächeln, „das hier ist für Phil. Dieser Bräutigam weiß genau, was er sich vor dem Einlaufen in den Ehehafen noch zu sehen wünscht: einen nackten Männerhintern!“

Und er fuhr den Song auf maximale Lautstärke hoch.

Ich wusste wirklich nicht, warum so lange niemand reagierte. Vermutlich waren wir in einer Art gemeinsamen Schockstarre gefangen. Ich für meinen Teil hatte jedenfalls das Gefühl, als wäre ich aus mir herausgetreten und könnte mir selbst dabei zusehen, wie ich Liam dabei zusah, wie er … etwas äußerst Faszinierendes mit seinen Hüften anstellte. Du lieber Herr Gesangsverein. Natürlich waren mir diese Bewegungen schon bekannt, teilweise von unserem gemeinsamen Training und teilweise von der Probe, die ich im Diamond Club unterbrochen hatte, aber das hier war mehr als bloße Übung. Zum allerersten Mal erlebte ich Liam in Action, Liam als professionellen Stripper, und *verdammt,* war das ein lohnendes Schauspiel.

Einige der weiblichen Gäste schienen ganz meiner Meinung zu sein. Während Liam sich mit schwingendem Becken auf das andere Ende der Tafel zubewegte, erklang hier und da ein hysterisches Quieken, jemand begann zu klatschen, eine andere Frau keuchte zwischen Entsetzen und Begeisterung. Die heftigste Reaktion kam allerdings von Collegefreund Michael. Zitternd wie Wackelpudding saß er da, presste sich eine Serviette auf die Lippen, und ich begriff erst nach einer Weile, dass er fast an einem Lachanfall erstickte. Der Grund dafür war deutlich schneller auszumachen: Liam hatte die Stirnseite des Tisches erreicht und beugte sich über den Mann, der einmal mein unantastbarer, charismatischer, stets überlegener Freund gewesen war. Jetzt saß dort allerdings eine rotgesichtige Elendsgestalt, die abwehrend mit den Händen fuchtelte. Dabei wurde Liam unsanft in die Seite getroffen, aber er schaffte es irgendwie, den Rempler in seine Choreografie einzubauen. Als hätte Phil ihn nicht geschlagen, sondern unsittlich berührt, zog Liam provozierend die Augenbrauen hoch. Dann drehte er sich langsam herum und ließ seine Anzugjacke von den Schultern gleiten, sodass sie meinem Ex in den Schoß fiel. Wenn Phil einen weiteren Versuch gewagt hätte, Liam von sich zu stoßen, hätte er unweigerlich dessen Hintern berühren müssen. Ganz offensichtlich war ihm das nun auch klargeworden, denn seine Arme sackten nach unten. Wie ein nasses Leintuch hing er in seinem Stuhl, während Liam seine Popping-Sequenz durchführte. (Kompliment an mich selbst: Inzwischen beherrschte er die wirklich meisterhaft.)

Nachdem sich mein erster Schreck verflüchtigt hatte, begann irgendetwas aus meinem Inneren nach außen zu drängen. Gut möglich, dass ich gleich zu heulen anfing, oder zu schreien.

Liam öffnete den obersten Knopf seines Hemdes.

Collegefreund Michael stopfte sich eine Serviette in den Mund.

Tante Ruthie beugte sich zur käsebleichen Rachel hinüber, gackerte für alle hörbar: „Wenn ich gewusst hätte, dass du so viel Pepp hast, Liebes! Donnerlüttchen nochmal!"

Und dann begann ich zu kichern. Es war, als hätte sich ein Korken gelöst, der meine Gefühle unter Verschluss hielt: Mit jeder Sekunde schüttelte es mich heftiger, die Lachtränen schossen mir in die Augen, ich schnappte nach Luft und konnte gar nicht mehr aufhören. Weil alle Blicke wie gebannt nach vorne gerichtet waren, bekam das keiner der Gäste mit, doch Liam merkte es dafür ganz genau. Sofort hielt er mit dem Aufknöpfen seines Hemdes inne, und mir wurde klar, dass es ihm gar nicht darum ging, Phil bis aufs Blut zu demütigen. Oder jedenfalls nicht nur. Sichtlich zufrieden schaute er mir dabei zu, wie ich mir fast ins nicht vorhandene Höschen machte, und nickte dann zum Ausgang. Ich musste all meine Kraft zusammennehmen, um diesem Wink nachzukommen. Immer noch bebend vor unterdrücktem Lachen erhob ich mich und gelangte zur Tür, ohne irgendjemandes Aufmerksamkeit zu erregen. Gerade als ich mich aus dem Séparée stahl, konnte ich hören, wie die Musik stoppte.

„Wenn Sie auch den Rest sehen wollen, besuchen Sie mich doch im Diamond Club!", erklang es verführerisch, danach folgte ein Poltern, und im nächsten Augenblick war Liam auch schon bei mir. Ohne Umschweife packte er meine Hand und zog mich hinter sich her aus dem Restaurant. Schwer atmend blieben wir direkt davor stehen. Die Sonne ging gerade unter, sodass Liams Grinsen in rötliches Licht getaucht wurde.

„Alles klar, Coach?", fragte er mich, als wäre absolut nichts Ungewöhnliches passiert. Dann winkte er den jungen Mann vom Parkdienst herbei: „Hey Kumpel, wir müssten mal ganz dringend von hier verschwinden."

In Handumdrehen stand das Schlangencabrio vor uns, und Liam bugsierte mich auf den Beifahrersitz. Ich kam erst wieder halbwegs zur Besinnung, als der Fahrtwind mir die Haare aus dem verschwitzen Gesicht pustete.

„Du", japste ich, „bist komplett verrückt! Wirklich absolut durchgeknallt! Hast du eine Ahnung, was Phil mit dir anstellen wird, wenn er dich je in die Finger bekommt?"

„Du meinst, er nimmt meine Einladung in den Diamond Club an?", fragte Liam unschuldig, dann schüttelte er den Kopf. „Alter, diese arrogante Pissnelke. Wurde echt Zeit, dass dem mal jemand das Ego zurechtstutzt. Normalerweise mache ich keine solchen Scherze – mein Kumpel Angelo ist stockschwul, und bei Jared weiß man nicht so genau, worauf er eigentlich steht. Aber wahrscheinlich hätten es die beiden selbst lustig gefunden, wie ich Mr. Korks gezeigt habe, was 'ne Harke ist."

„Ich dachte schon, du wolltest ihm ernsthaft *deine* Harke zeigen", prustete ich.

Liam zog einen Mundwinkel hoch. „Oh nein. Ich wollte ihn nur ein bisschen beschämen, nicht restlos vernichten."

Ich bohrte ihm den Ellenbogen in die Seite, dann nahm ich den Arm wieder herunter und legte stattdessen kurz die Hand auf seinen Oberschenkel. „Danke", sagte ich schnell.

Liam schaute weiterhin auf die Straße, aber ein Muskel in seiner Wange zuckte. „Gern geschehen."

Einen Moment lang schwiegen wir beide, bis ich plötzlich zusammenfuhr. „Oh nein, die arme Katie! Wir können sie doch nicht dort im Stich lassen!"

„Jetzt beruhige dich mal. Du schreibst ihr einfach eine SMS, damit sie sich nicht sorgt und ein Taxi nach Hause nimmt. Katie macht bestimmt keinen Stress deswegen, scheint ja ein cooles Mädchen zu sein."

„Das ist sie auch." Immer noch etwas durcheinander tastete ich nach meiner Handtasche und brauchte geschlagene zehn Sekunden, um zu kapieren, dass diese immer noch brav im Restaurant unter meinem Stuhl wartete. „Verflixt, jetzt hab ich nicht mal mein Handy dabei!"

„Dann nimm meines." Liam hielt es mir hin, und ich glotzte vielleicht einen Tick zu lange auf den Displayhintergrund. Irgendwie erinnerte das Bild an ein Klassenfoto, nur mit sehr viel mehr nackter Haut: die Diamond Guys, wie sie leibten und lebten.

„Und wie soll ich ohne Schlüssel in mein Apartment kommen?“, fragte ich, nachdem ich meiner Freundin eine SMS geschickt hatte.

„Hmm.“ Liam trommelte mit den Fingern auf das Lenkrad. „Ich dachte, wir wären inzwischen über solche Spielchen hinaus.“

Verwirrt sah ich ihn an. „Wie bitte?“

„Ehrlich, Rayne. Du kannst es doch einfach sagen, wenn du bei mir übernachten willst.“

„Aber ich hab doch gar nicht …“

„Dass du immer noch auf faule Tricks zurückgreifen musst, enttäuscht mich zutiefst.“

„Liam! Möchtest du vielleicht, dass ich mit zu dir komme, oder was?!“

„Und du brauchst deshalb auch nicht gleich laut zu werden“, rügte er, während ich mich stöhnend gegen die Lehne meines Sitzes fallen ließ. „Kannst du dich denn gar nicht beherrschen?“

„Also gut, okay!“, rief ich aus. „Ich übernachte bei dir, zufrieden?“

Liam seufzte theatralisch. „Na, meinetwegen. Zum Glück hat Fynn heute Dienst, und ich bin es gewohnt, dass sich mir die Frauen an den Hals werfen.“ Dann drehte er den Kopf und lächelte mich an. Keine Spur mehr von Schauspiel oder Spott, sondern ein echtes, fröhliches Lächeln, bei dem sich winzige Fältchen um seine Augen bildeten. Mein Magen machte einen Hüpfer, ganz bestimmt deshalb, weil Liam gerade durch ein Schlagloch gebrettert war.

„Schau auf die Straße“, verlangte ich gedämpft, und er folgte meinem Befehl mit ein paar Sekunden

Verzögerung. Erst nachdem er den Blick nach vorne gerichtet hatte, entspannte ich mich wieder einigermaßen. „Dein Selbstbewusstsein kennt echt keine Grenzen, stimmt's?“

Zu meinem Erstaunen reagierte er nicht mit einer süffisanten Bemerkung. Er schien zu überlegen, während er das Cabrio in Richtung Lummus Park lenkte, und meinte schließlich unvermittelt: „Wenn du willst, kann ich dir später im Apartment was zeigen.“ Ich schielte zu ihm hinüber, verunsichert durch den ernsteren Ton, den er angeschlagen hatte. Im Licht der Straßenlaternen erkannte ich allerdings sein Schmunzeln, als er noch hinzufügte: „Jetzt, wo du dir eine Einladung erschlichen hast.“

12. Kapitel

Es fühlte sich seltsam an, wieder das silbergraue Apartment zu betreten. Ich hatte geglaubt, dass ich diesmal weniger aufgeregt sein würde als am Vortag, weil ich die Wohnung ja nun bereits kannte. Tatsächlich war es aber gerade diese Mischung aus Vertrautheit und Aufregung, die meine Nerven in flirrende Stromleitungen verwandelte.

Liam hingegen schien die Ruhe selbst zu sein. Kaum hatte er die Tür aufgeschlossen, zog er zum zweiten Mal an diesem Abend sein Sakko aus und pfefferte es mitsamt seiner Krawatte auf eine Kommode. Dann krempelte er die Ärmel seines Hemdes bis zu den Ellenbogen hoch. Mein Blick hing an seinen sehnigen Unterarmen fest, bis er eine einladende Geste machte.

„Willst du nicht reinkommen?"

„Ähm, klar." Liam hatte mich nicht aufgefordert, meine Pumps auszuziehen, also stöckelte ich etwas verunsichert auf hohen Absätzen ins Wohnzimmer. Anstatt die ausladende Couch zu umrunden und darauf Platz zu nehmen, stützte ich mich nur im Stehen an der Rückenlehne ab. Dann verschränkte ich die Arme vor der Brust.

„Du hast gesagt, du würdest mir was zeigen?" Es klang, als wollte ich gleich wieder die Flucht ergreifen, und Liam war das unmöglich entgangen. Normalerweise hätte er mich wegen meiner Nervosität bestimmt ein wenig auf die Schippe genommen, aber jetzt bedeutete er mir bloß, zu warten, ehe er in seinem Schlafzimmer verschwand. Das hier musste ihm wirklich wichtig sein. Während er offenbar in seinem Schrank rumorte, drehte ich mich zum riesigen Fenster, das fast die gesamte Wand neben der Couch einnahm. Liam und Fynn konnten sich glücklich schätzen, ein Apartment in dieser Lage bewohnen zu dürfen, denn die Aussicht war spektakulär. Trotz der abendlichen Stunde erkannte ich die Palmen von Lummus Park und den dahinterliegenden Strand, auf dem immer noch ein paar Menschen herumflanierten oder Volleyball spielten. In der Ferne glaubte ich, die Lichter eines vorbeiziehenden Schiffes auszumachen.

„Rayne?“

Überrascht wirbelte ich herum. Ich hatte gar nicht gemerkt, wie Liam ins Wohnzimmer zurückgekehrt war, geschweige denn, dass er sich direkt hinter mich gestellt hatte. In der Hand hielt er einen Stapel dunkelroter Bände mit goldener Prägung.

„Deine Jahrbücher?!“, fragte ich, nicht sicher, womit ich eigentlich gerechnet hatte. Auf jeden Fall hatte ich wohl etwas Spannenderes erwartet als jede Menge schwärmerischer Wünsche in Mädchenhandschrift: *Ich hoffe, du hast einen unvergesslichen Sommer, und wir bleiben in Kontakt!*

„Meine Porno-Sammlung zeige ich dir später“, antwortete Liam spöttisch, nachdem er mir meine Enttäuschung vom Gesicht abgelesen hatte. „Aber jetzt schau mal kurz her …“ Er klappte eines der Bücher an einer Stelle auf, die mit einem Eselsohr markiert war, und tippte auf ein Klassenfoto. „Na, was ist, kannst du mich finden?“

Mit erwachter Neugier beugte ich mich über das Bild und studierte die jugendlichen Gesichter. Dem Datum zufolge musste Liam zur Zeit der Aufnahme fünfzehn Jahre alt gewesen sein. Unter seinen Mitschülern gab es einige, die noch wie halbe Kinder wirkten, während bei anderen die Pubertät schon recht weit fortgeschritten war. Ich konzentrierte mich auf die Jungs, die ganz danach aussahen, als hätten sie den Stimmbruch bereits überwunden: Ein paar grinsten unter perfekt verwuschelten Surferboy-Frisuren in die Kamera, zwei hatten sogar ihre Arme um die Taille eines Mädchens geschlungen. Auf gut Glück wählte ich einen der beiden aus. „Der da?“

„Fast. Das ist Roger Benton, dem ich den Spitznamen *Scarecrow* verdanke.“

„Hm? Aber wieso …“

Und dann sah ich ihn. Ganz in eine Ecke gedrückt, als wollte er sich aus dem Foto verflüchtigen: ein entsetzlich magerer Junge mit langem, strähnigem Haar, der in seinen viel zu großen Kleidern beinahe unterging. Erst auf den zweiten Blick erkannte ich, dass seine Haltung nicht einfach nur linkisch war, sondern dass seine rechte Schulter nach vorne hing. Und auf den dritten Blick bemerkte ich die türkisblauen Augen.

„Bevor du fragst: Nein, ich musste nicht die Klamotten von meinem Bodybuilder-Bruder auftragen“, sagte Liam leichthin. „Die habe ich mir extra so ausgesucht, genau wie ich mich geweigert habe, zum

Frisör zu gehen. Ich war nämlich der Meinung, dass ich das hier kaschieren könnte." Er zuckte mit der rechten Schulter.

„Was meinst du?" Ich hätte mich dafür in den Hintern treten können, dass meine Stimme so krächzend klang.

Anstelle einer Antwort hielt Liam kurz die Hand hoch und blätterte in einem anderen Buch, das aus dem darauffolgenden Jahr stammte. Diesmal brauchte ich nur wenige Sekunden, um ihn auf dem Klassenfoto zu entdecken. Wahrscheinlich wäre mein Blick auch dann sofort auf den langhaarigen Jungen gefallen, wenn ich nicht speziell nach ihm gesucht hätte: Zwischen all den bunten Hemden und T-Shirts sprang einem sein weißes, panzerartiges Oberteil direkt ins Auge.

„Skoliose", erklärte Liam, immer noch in diesem freundlich-unverbindlichen Tonfall. „Also Wirbelsäulenverkrümmung. Nicht allzu schlimm, deswegen konnten es die Ärzte ohne OP in den Griff bekommen. Ich musste dafür nur zwei Jahre lang als Freak vom Dienst herumlaufen. Klar habe ich erstmal versucht, das Teil zu verstecken. Aber wer schon mal in Florida ein Korsett tragen musste, weiß, dass es nicht nur unbequem ist, sondern dass du da drin auch schwitzt wie blöd. Ich hatte also die Wahl, darüber noch einen Pullover zu tragen und schlimmer zu stinken als eine ganze Jungsumkleide … Oder ich hätte es für die Schule ausziehen können und dafür eine Schlafstörung riskieren, weil ich nachts die verlorenen Stunden wettmachen musste."

Selten war ich mir so taktlos vorgekommen, aber ich konnte die Frage einfach nicht zurückhalten. „Wofür hast du dich entschieden?"

Vor Erleichterung hätte ich beinahe geseufzt, als ein Lächeln über Liams Gesicht huschte. „Tja, Coach, für keins von beidem. Stattdessen hab ich mir eine Lebensweisheit zurechtgelegt, die alles für mich verändert hat. Und ich würde die jetzt gerne mit dir teilen. Bist du bereit?" Er breitete die Arme aus. „Sie lautet", verkündete er feierlich, „*scheiß drauf.*"

Ich blinzelte ein paarmal, während ich vergeblich darauf wartete, dass noch etwas kam. „Scheiß worauf, bitte?"

„Auf alles." Jetzt ließ er den salbungsvollen Gesichtsausdruck fallen und grinste mich wieder an. „Darauf, dass dich irgendwer anglotzt. Dass die Leute Schwachsinn über dich labern. Dass Roger Benton dir ein tiefgefrorenes Huhn in den Rucksack stopft, weil er dich für eine Vogelscheuche hält – denn, Coach, die Roger Bentons und Mister Korkse dieser Welt können dich mal kreuzweise." Er schloss das Jahrbuch mit einem Knall und warf es zu den anderen auf den Stapel. „Noch während ich das Korsett tragen musste, hab ich zu trainieren begonnen, um meine Stützmuskulatur zu verbessern. Fünf Jahre später hätte ich die schlabbrigen Klamotten von damals sicher gesprengt. Die Haare kamen ab, und ich habe einen Job angenommen, in dem es nur darum geht, sich zu zeigen. *Scheiß drauf* in Reinkultur, sozusagen. Und ich hab mir geschworen, mich nie wieder überflüssigerweise zu schämen."

Herausfordernd schaute er mich an, und ich gab mir Mühe, hinter seinen markanten Gesichtszügen den dürren Jungen von damals zu erkennen. Mit einem Anflug von schlechtem Gewissen musste ich mir eingestehen, dass die 15-jährige Rayne sich wahrscheinlich kaum um ihn geschert hätte. Umso seltsamer war das Gefühl, das gerade in mir hochstieg, während ich eine Verbindung zwischen Scarecrow und Deputy Handsome herzustellen versuchte. Anstatt seine Worte jedoch direkt zu beherzigen, nagte ich verlegen auf meiner Unterlippe herum. „Warum erzählst du mir das alles?“

„Jetzt komm aber. Du hast dich während der letzten Stunden benommen wie ein verdammtes Mauerblümchen, und dabei hatte ich dich nie für besonders schüchtern gehalten. Warum also gegenüber Lord und Lady Korks?“

„Keine Ahnung. Vielleicht, weil die beiden alles repräsentieren, was mir fehlt: Sie haben herausragende Familien, herausragende Jobs, einen herausragenden Ruf …“

„Ja, und was hinten aus ihnen herausragt, sind Besenstiele“, ergänzte Liam trocken. „Ehrlich, Rayne, ich kapiere nicht, warum ich dir das überhaupt sagen muss. Möglich, dass dieser Phil an einer Geschmacksverirrung leidet, aber was ist mit dir?“

Entschlossen legte er die Hände an meine Taille und schob mich ein bisschen vom Sofa weg, sodass ich direkt vor der Fensterwand zum Stehen kam. Inzwischen war es draußen so dunkel geworden, dass die Scheibe fast wie ein Spiegel wirkte und ich sah, wie Liam von hinten nach den verrutschten Haarnadeln auf meinem Kopf griff.

„Deine Aufmachung ist hot, aber normalerweise gefällst du mir besser." Überraschend sanft löste er die Hochsteckfrisur. Danach zog er seine Finger durch meine Haare, strich mir eine Strähne hinters Ohr, zeichnete die Biegung meines Halses nach. „Wie sieht das für dich aus?"

„Gut", hauchte ich. In diesem Moment hätte ich wohl alles gesagt, was er von mir hören wollte. Mein Blick wanderte an meinem Spiegelbild vorbei zu seinem, doch ich hatte nicht mit Liams scharfer Beobachtungsgabe gerechnet. Sofort nahm er die Hand weg, und ich sah im Fenster, wie sich seine Brauen zusammenschoben.

„Augen nach vorne", kommandierte er streng. Er wartete, bis ich mich erneut selbst betrachtete, und tastete dann nach dem Reißverschluss unter meinem Haar. Beinahe fühlte es sich an wie ein Streicheln, als er langsam meine Wirbelsäule entlangfuhr und dabei das Kleid immer weiter öffnete. Etwa auf Höhe meiner Taille hielt er inne. Seine Handflächen glitten wieder aufwärts, schoben sich unter die Träger und entblößten meine Schultern. Danach zog er mir das Kleid bis zu den Hüften aus.

„Und jetzt?" Liam hatte den Kopf ein wenig gesenkt, um den Geruch meiner Haut einzuatmen, aber seine Augen blieben weiterhin nach oben gerichtet. Sein eindringlicher Blick wirkte fast wie eine Berührung, und ich spürte, wie meine Brustwarzen hart wurden, sich gegen den dünnen Stoff meines BHs drückten.

„Gut", wiederholte ich gepresst, mehr brachte ich nicht heraus. Meine Kehle war auf einmal ganz trocken. Ich konnte mir selbst nicht erklären, was gerade mit mir vorging: Schließlich hatte Liam mich bereits gestern entkleidet. Allerdings war er da in fieberhafter Eile gewesen, hatte mir kaum Zeit zum Nachdenken gelassen, während er es jetzt geradezu zelebrierte. Seine Fingerspitzen zeichneten unsichtbare Muster auf meine zitternde Bauchdecke und strichen verheißungsvoll am Rand meines halb geöffneten Kleides entlang.

„Nur *gut*, hmm?", fragte er, ohne die Lippen von meinem Hals zu nehmen. „Mal sehen, was sich da noch machen lässt." In der spiegelnden Fensterscheibe konnte ich genau verfolgen, wie er nach dem Verschluss meines BHs griff. Vermutlich hätte ich die meisten Männer darauf hinweisen müssen, dass sich dieser auf der Vorderseite befand, aber ein Liam Parker hatte derlei Hilfestellungen nicht nötig. Mit einer flinken Bewegung befreite er mich von dem bisschen Spitze. Es landete lautlos auf dem Fußboden, und wir atmeten beide gleichzeitig aus. „Besser?"

Diesmal konnte ich nur noch nicken. Es fühlte sich an, als stünde jeder Quadratzentimeter meines Körpers unter Spannung, als wäre jede Empfindung doppelt so intensiv.

„Du bist unglaublich scharf", flüsterte Liam, während er sich wieder dem Reißverschluss meines Kleides widmete. „Scheiße, nein, du bist wunderschön.

Und clever. Und eine Künstlerin mit Leib und Seele. Wer das nicht zu schätzen weiß, tut mir einfach nur verdammt leid.“

Im nächsten Moment fiel das Kostüm raschelnd herab, bildete eine schwarze Pfütze um meine Knöchel. Automatisch machte ich einen kleinen Schritt zur Seite und stand nur noch in Pumps da. Meine Haut wirkte im Fenster heller als sonst, aber auch weicher, fast wie Seide. Sie bildete einen Kontrast zu meinem Haar, das bis über meine Brüste reichte, und den schmalen Streifen zwischen meinen Beinen. Der Anblick ließ die Muskeln in meinem Schoß zusammenkrampfen. Noch nie hatte es mich derart erregt, mich selbst nackt im Spiegel zu sehen … nur, dass das ja überhaupt kein Spiegel war.

„Warte, das – das geht doch nicht“, stieß ich hervor. In dem von Finsternis hinterlegten Glas konnte ich sogar beobachten, wie sich meine Wangen verfärbten. „Wenn nun jemand von draußen hierher sieht …“

„Der Ozean liegt aber in dieser Richtung.“ Liam deutete mit dem Kinn nach vorne. „Glaub mir, Menschen am Strand schauen immer aufs Meer, nicht zu irgendwelchen Fenstern im dritten Stock. Und selbst wenn …“, seine Zunge versengte mich kurz an der rechten Schulter, „würdest du ihnen eben den Anblick ihres Lebens bescheren.“

Ich machte mir gar nicht erst die Mühe, ihm zu widersprechen. Um ehrlich zu sein, störte es mich auch herzlich wenig, dass möglicherweise jemand aus der Ferne meine Silhouette erspähen konnte. Im

Gegenteil, es heizte mich nur noch weiter an. Ich zeigte mich gerne, das war schon immer so gewesen und hatte meine Berufswahl deutlich beeinflusst. Nur in der Beziehung mit Phil hatte ich irgendwann damit begonnen, mich klein zu machen und zu verstecken.

„Stütz dich an der Scheibe ab", befahl Liam rau, und ich gehorchte, ohne darüber nachzudenken. Das Adrenalin glühte in meinen Adern, fraß jegliche Zurückhaltung und Vernunft auf. Durch meine gebückte Haltung war mein Haar nach vorne gefallen und verdeckte mir die Sicht. Ich konnte hören, wie Liam seinen Gürtel öffnete, den Reißverschluss seiner Hose aufzog, und danach erklang ein leises Knistern. Während er sich ein Kondom überstreifte, begannen meine Hände am kühlen Glas vor Aufregung zu zittern. Ich zuckte richtig zusammen, als Liam mir das Haar aus dem Gesicht strich und geschickt zu einem Strang drehte. Als er daran zog, wurde mein Blick nach oben gelenkt, sodass ich in die Spiegelung meiner geweiteten Augen starrte. Mein hektischer Atem beschlug die Fensterscheibe, aber trotzdem konnte ich Liam noch gut genug hinter mir erkennen. Es machte mich schier wahnsinnig, ihn so zu sehen: eine Hand an meiner Taille und eine in meinem Haar, während er sich zwischen meinen Schenkeln rieb. In diesem Moment wollte ich ihn so dringend, dass es beinahe wehtat. Ich drückte die Wirbelsäule noch mehr durch, ballte die Fäuste an der Scheibe – und endlich glitt er Zentimeter für Zentimeter in mich hinein. Sobald er mich ganz ausgefüllt hatte, wartete

Liam einige Herzschläge lang, ehe er sich fast vollständig zurückzog. Dann schob er sein Becken erneut nach vorne, und mir entschlüpfte ein Wimmern. Normalerweise konnte ich beim Sex nicht so einfach kommen, aber in dieser Stellung war der Reiz um ein Vielfaches stärker als sonst. Durch seine langsamen, kontrollierten Bewegungen massierte Liam einen Punkt ganz tief in meinem Inneren, bis unaufhaltsam Hitze von meinen Armen und Beinen auf meine Mitte zuströmte. Mit der Wange drückte er meinen Kopf zur Seite, küsste meinen Hals, biss mich leicht in die Schulter.

„Schau dich an", flüsterte er. „Schau uns an, Rayne."

Nur mit größter Anstrengung schaffte ich es, unser Spiegelbild zu fokussieren – ich sah, wie Liam das Gesicht verzog – und dann knickten meine Beine einfach unter mir weg. Mein ganzer Körper wurde von einem Brennen überflutet, wand sich in genießerischer Qual, verweigerte mir komplett den Dienst. Gerade rechtzeitig hatte Liam noch meine Hüften gepackt und ließ mich nun behutsam auf den Boden sinken. Dabei gelang es ihm, sich keine Sekunde von mir zu lösen. Kaum hatte ich den Teppich unter meinem Bauch, hob Liam mein Becken an und nahm einen schnellen, harten Rhythmus auf, der meinen Höhepunkt immer weiter ausdehnte. Im selben Moment, als ich einen Schrei nicht mehr zurückhalten konnte, verlor Liam auch endlich die Beherrschung. Er brach auf mir zusammen und stöhnte gegen meine Haut, ehe er verstummte.

Ich wusste nicht, wie lange es dauerte, bis ich in die Realität zurückfand. Als ich wieder halbwegs zu mir kam, lag Liam immer noch auf mir, und sein Herz trommelte gegen meinen Rücken. Erst mein Seufzen brachte ihn dazu, den Kopf zu heben.

„Woah, ich … ich … Fuck."

Ich gluckste vor unterdrücktem Lachen. „Danke für diesen wertvollen Beitrag."

„Ich kann nichts dafür", sagte er mit einem hörbaren Grinsen in der Stimme. „Mir sind gerade eine Million Gehirnzellen durchgebrannt."

„Hoffentlich hast du dann jetzt noch gen… uh."

Ohne mich ausreden zu lassen, hatte Liam eine Hand nach unten geführt und sich dann weiter aufgerichtet. Ich erschauerte, während er aus mir herausglitt.

„Was wolltest du sagen?", fragte er mich belustigt, aber ich schaffte es nur, ihm über die Schulter hinweg eine Grimasse zu schneiden. Auf einmal fühlte ich mich unendlich träge, geborgen und bleischwer.

Liam lehnte sich nach rechts, um das Kondom loszuwerden, dann legte er sich wieder ganz dicht neben mich. Einen Arm schob er über meine Taille, und ich griff danach, bevor ich mich auf die Seite rollte. Seine Brust schmiegte sich gegen meinen Rücken, und seine angewinkelten Beine passten sich meinen an.

„Also *Scheiß drauf*, ja?", murmelte ich schläfrig. „Das muss ich unbedingt meiner Mom weitergeben, wenn ich am Wochenende bei ihr bin. Sie ist ein Fan von Lebensweisheiten."

„Dieses Wochenende?“ Liams tiefe Stimme vibrierte in seinem Brustkorb. „Du hast mir gar nicht erzählt, dass du morgen nach Hause fährst.“

„So wie jedes letzte Wochenende im Monat. Das musste ich meiner Mom versprechen, ehe ich mit siebzehn Jahren hierher gezogen bin. Ihrer Meinung nach ist Miami ein wahrer Sündenpfuhl, und sie verpasst mir allmonatlich die volle Dröhnung kluger Sprüche, um das auszugleichen.“

„Tja, ein bisschen sündig ist es schon“, räumte Liam ein und machte hinter mir eine Bewegung, die uns noch enger zusammendrängte – und zwar auf eine Weise, die meine Mom in der Tat nicht für schicklich befunden hätte. Dann erstarrte er plötzlich, als wäre ihm durch dieses Manöver eine schreckliche Erkenntnis gekommen. „Das heißt, du lässt mich das ganze Wochenende auf dem Trockenen sitzen?“

„Mir scheint, als hätten wir ursprünglich eine viel härtere Vereinbarung gehabt. Wie war das nochmal mit völliger Enthaltsamkeit während des Trainings?“

„Aber das war, bevor du meinem Charme erlegen bist und beschlossen hast, deiner Mom von mir zu erzählen.“ Sein Tonfall klang weiterhin neckend, doch ich wusste trotzdem nicht, wie ich seine Bemerkung einordnen sollte. War das ein scherzhafter Hinweis darauf, dass ich mit meiner Ankündigung übers Ziel hinausgeschossen war, oder *wollte* Liam, dass ich zu Hause von ihm erzählte? Ein Stripper und Weiberheld, der nach zweimal Sex in Richtung Beziehung steuerte …? *So ein Unsinn,* wies mich das strenge Stimmchen in meinem Kopf zurecht – und leider fanden dieselben Worte auch ihren Weg aus meinem Mund.

Ich konnte förmlich spüren, wie Liam hinter mir die Augenbrauen hochzog. „Hm?"

„Also, ich meine", redete ich hastig weiter, „betrachte … ähm, *das hier* … als Ergänzung zum Training. Quasi als Ventil, verstehst du? Schließlich ist das eine echt sexy Choreo, die ich für dich erfunden habe, und man muss die angesammelte Energie ja irgendwie loswerden."

„Wenn du das sagst, Coach." Ich bildete mir ein, einen Hauch von Spott aus seiner Antwort herauszuhören, aber sicher war ich mir nicht. Zu gerne hätte ich mich in seiner Umarmung gedreht, damit ich seinen Gesichtsausdruck sehen konnte – doch dann wären seine Augen nur wenige Zentimeter von meinen entfernt gewesen. Und das war gerade keine schlaue Idee.

„Übrigens hätte ich dieses Wochenende sowieso keine Zeit gehabt", wechselte ich reichlich holprig das Thema. „Ich werde die Ruhe in meinem Heimatkaff nutzen, um mich für das Vortanzen am Montag fit zu machen." Eigentlich hatte ich nicht vorgehabt, ihm das zu verraten. Immer noch fühlte ich leichte Panik in mir hochsteigen, wenn ich an Miss Devinskys Angebot dachte, und ich wollte mir die Demütigung ersparen, danach von meinem Versagen zu berichten. Allerdings war mir im Moment jede Möglichkeit recht, von dem seltsamen Flattern in meinem Inneren abzulenken.

Dieser Plan ging nach hinten los. Mir entfuhr ein peinlich mädchenhaftes Quietschen, als Liam mich packte und schwungvoll herumwälzte. Von einer Sekunde auf die andere trat genau das ein, was ich hatte vermeiden wollen – sein Gesicht direkt vor meinem, bis über beide Ohren grinsend.

„Sag bloß, du darfst wieder in deine Tanzcompany zurück?!"

Ich wich verlegen seinem Blick aus. „Zumindest darf ich bei der 10-Uhr-Probe im Colony Theatre vortanzen. Vielleicht nimmt mich Miss Devinsky wieder auf, wenn ich es nicht in den Sand setze."

„Das wirst du nicht! Schon allein deshalb, weil ich wie eine Eislaufmutter dabeistehen und *Schiebung!* brüllen werde, sobald sie dir für irgendwas Punkte abzieht!"

„Untersteh dich!" Sein leises Lachen griff durch unsere Nähe sofort auf mich über, und ich konnte gar nicht anders, als die Mundwinkel hochzuziehen. „Aber danke für deinen Optimismus."

„Wohlwollender Realismus", verbesserte er mich. „Und darf ich jetzt bitte mal ein wichtiges Fazit aus deinen letzten Enthüllungen ziehen? Punkt eins", seine Lippen trafen mich ohne Vorwarnung auf den Mund, „du lässt mich das gesamte Wochenende alleine. Punkt zwei", der nächste Kuss landete direkt zwischen meinen Schlüsselbeinen, „du hast ganz schön was zu feiern. Und Punkt drei", noch eine Handbreit weiter unten, „du."

„Ich was?", fragte ich atemlos, aber es kam keine Ergänzung mehr. Stattdessen schaute Liam vielsagend auf mich herab, und türkisfarbene Funken schienen in seinen Augen zu tanzen.

„Schraub das Ventil auf, Coach. Heute Nacht hab ich noch jede Menge mit dir vor.“

13. Kapitel

Es hatte schon etwas Ironisches an sich, dass mein Geburtsort ausgerechnet den Namen *Homeland* trug. Wirklich heimisch hatte ich mich dort niemals gefühlt, sondern eher, als würde ich nicht richtig hineinpassen – und das bezog sich nicht nur auf die überschaubare Größe des Städtchens. Die beiden Hotspots bildeten ein Postamt und ein Dorfladen, in dem man sich den neuesten Klatsch anhören musste, ob man nun wollte oder nicht. Außerdem war der *Homeland Heritage Park* der ganze Stolz aller Einwohner. Hier konnte man ein Schulgebäude, ein Blockhaus und eine Kirche aus dem 19. Jahrhundert bestaunen und an Feierlichkeiten teilnehmen, die so spektakuläre Namen trugen wie *Pet Festival, Mother/Son Camp out* oder *Daddy/Daughter Dance.*

Meinen Kollegen aus der Tanzkompanie hatte ich wohlweislich verschwiegen, aus welcher ländlichen Idylle ich stammte, da dieser Hintergrund meine Glaubwürdigkeit als Streetdancerin nicht gerade verstärkt hätte. Umgekehrt flunkerte ich immer, wenn ich mit meiner Mutter oder meinen lieben Nachbarn über meine Tätigkeit sprach. Ich hatte lediglich wahrheitsgetreu erzählt, dass Miss Devinsky eine umfassende Tanzausbildung genossen hatte und in jungen Jahren Ballerina gewesen war. Seitdem akzeptierten mich die Homelander wohl als eine Art flippiges Ballettmäuschen, und dieser Eindruck war auch dadurch nicht beschädigt worden, dass ich immer auf der Veranda aggressive Moves aus Youtube-

Clips geübt hatte. Vielleicht wollten sie aber auch nur aus Sensationsgier bei jedem meiner Besuche wissen, was denn „die Tanzerei machte". Schließlich hatte es für einen ganz schönen Skandal gesorgt, dass ich mit siebzehn Jahren nach Miami Beach abgehauen war und somit die Einwohnerzahl auf 364 verringert hatte. 365, wenn man Dackeldame Berta als Person zählte, worauf der alte Mr. Wilson von nebenan größten Wert legte.

Ausgerechnet die beiden waren es, die ich zuerst traf, als ich nach einer siebenstündigen Odyssee zu Hause ankam.

„Hallo, Kleine. Was macht die Tanzerei?" Fröhlich winkte mir Mr. Wilson mit einem pinken Hundekot-Schäufelchen zu, während ich aus dem Taxi kletterte. (Busverkehr nach Homeland, an einem *Samstag?* Träum weiter!)

„Alles paletti", antwortete ich wie sonst auch. „Und bei euch so? Bertie sieht richtig gut aus."

„Ich weiß." Mit väterlichem Stolz beäugte Mr. Wilson die graubraune Fellwurst, die zu seinen Füßen herumwuselte. Diesen unbeobachteten Moment nutzte ich, um an ihm vorbei- und die Verandastufen zum Haus meiner Mutter hinaufzuhuschen. Genau wie die Gebäude im historischen Park war es schneeweiß gestrichen, und durch seine geringen Ausmaße erinnerte es mich immer an ein Spielzeughäuschen.

Als meine Mutter die Tür öffnete, krauste sie erst ein wenig die Nase, so wie ich bei Mr. Wilsons Schäufelchen. „Du siehst dünner aus", urteilte sie.

„Die Liebenden werden von Blicken und Küssen satt."

„Bitte was?", sagte ich.

Anstelle einer Antwort zog sie mich in eine Umarmung und tätschelte mir den Rücken. Meine Mom war selbst immer schlank gewesen, aber sie überragte mich um einen halben Kopf. Das kam ihr sehr gelegen, wenn sie mich wie ein Kind behandeln wollte – was eigentlich immer der Fall war. Diesmal erschienen mir ihre Belehrungen allerdings noch hartnäckiger als sonst.

„Tanz ist die Gangart des Herzens", rief sie mir hinterher, als ich mich nach dem Kaffeetrinken auf die Veranda verdrückte, um meine Choreografie für die *West Side Story* zu trainieren. Damit kam ich ja noch irgendwie klar, genauso wie mit ihrem leicht sexistischen „Es ist der Traum jeder Frau, der Traum eines Mannes zu sein" beim Gute-Nacht-Sagen. Als sie mir bei unserem Abschied am Sonntag jedoch vor den Latz knallte: „Ein Verliebter betrachtet eine Blume mit anderen Augen als ein Kamel", hielt ich es einfach nicht mehr aus.

„Mutter! Eben hat Konfuzius angerufen und hätte gern seine Lines zurück, außerdem hab ich nicht den blassesten Schimmer, was das heißen soll, und … und …" Ich sackte ein wenig zusammen, als ich ihr selbstgefälliges Grinsen sah. „Okay, woher weißt du es?"

„Liebe und Husten lassen sich nicht verbergen", antwortete sie ernsthaft, dann erbarmte sie sich meiner. „Außerdem hast du seit deiner Ankunft dreimal häufiger dein Handy überprüft und fünfmal so oft gelächelt wie sonst. Du bist längst nicht so geheimnisvoll, wie du glaubst, Schätzchen."

Ich könnte wahrscheinlich fünfzig werden, und meine Mutter würde es immer noch schaffen, mich zum Erröten zu bringen. „Da interpretierst du zu viel rein." Ich richtete meinen Blick mit übertriebenem Interesse auf den Fahrplan der Bushaltestelle, zu der mich Mom gebracht hatte. „Aber wenn du willst … erzähl ich dir am Telefon mehr darüber, sobald es wirklich was zu erzählen gibt."

„Tu das. Und bis dahin bin ich einfach zufrieden, dass es jemand geschafft hat, dich nicht mehr so aussehen zu lassen wie Grumpy Cat."

„Woher zum Geier kennst du Grumpy Cat?!"

„Ich bin eben hip." Sie hielt mir eine Wange zum Abschiedskuss hin. „Denk dran, eine Mutter liebt am stärksten ihr schwächstes Kind!" Damit entließ sie mich aus ihrem Auto, und ich durfte alleine der Frage nachgehen, ob ich durch diese Bemerkung gekränkt sein sollte oder nicht. Zumal ich ihr einziges Kind war.

Erst auf der Heimreise begriff ich, dass meine Mom mit ihrem Eindruck gar nicht so daneben lag. Ich hatte tatsächlich überdurchschnittlich oft meinen Posteingang gecheckt, nur für den Fall, dass Liam mir eine SMS geschrieben hatte. Dabei bestand gar kein Grund dazu. Die Funkstille während der letzten zwei Tage war vollkommen normal. Und das nervöse Knäuel in meinem Bauch hatte nur mit dem morgigen Vortanzen zu tun, oder vielleicht damit, dass mein Sitznachbar gerade sein drittes Wurstbrot auspackte. Jedenfalls war es bestimmt nicht Liams Schuld, dass ich während der Fahrt kein Auge zubekam und ziemlich gerädert zu Hause eintraf.

„Katie?", rief ich, kaum dass ich die Tür zum Apartment aufgeschlossen hatte. „Mom hat mir wieder ein Glas Kompott für dich mitgegeben, diesmal extra zuckerfrei! Bist du da?"

Im Bad rauschte kurz das Wasser, dann wurde es wieder still. Merkwürdig – normalerweise erwartete mich meine Freundin nach Homeland-Wochenenden immer voller Neugier auf ein paar Kleinstadtgeschichten. Etwas verwundert begann ich meinen Rucksack auszuräumen und schaute erst hoch, als ich die Badezimmertür klappern hörte.

Bei Katies Anblick wäre mir beinahe das Einmachglas aus den Fingern gerutscht. „Oh Gott, ist irgendwas passiert? Bist du okay?", stieß ich hervor.

„Wie bitte? Ach so, ja, sicher doch." Fahrig wischte sie in ihrem Gesicht herum und verteilte dabei die Nässe auf ihren Wangen nur noch mehr.

„Für jemanden, der regelmäßig auf der Bühne steht, bist du gerade eine lausige Schauspielerin!" Ich sprang auf und musterte sie besorgt. „Du hast ganz offensichtlich geweint. Komm schon, erzähl mir, was los ist. Wem soll ich für dich eine reinhauen?"

Mein plumper Scherz verfehlte nicht nur seine Wirkung, sondern schien Katies Fassade vollends zum Einsturz zu bringen. Mit einem unterdrückten Schluchzen senkte sie den Kopf, sodass ihre Haare nach vorne fielen und ihr Gesicht versteckten. „Nein, ich kann es dir nicht erzählen", hörte ich sie mit dünner Stimme sagen. „Es geht nicht. Bitte … bitte frag mich nicht, ja?"

„Sicher mache ich das!" In meiner Aufregung packte ich Katie bei den Schultern, schüttelte sie leicht, und sie schlackerte in meinem Griff widerstandslos hin und her.

„Du – du tust mir einfach so leid", stammelte sie endlich.

„Ich? Aber wieso denn? Was soll der Unsinn?!"

„Es geht um Liam." Diesmal sprach Katie so leise, dass ich sie kaum verstehen konnte. Trotzdem spannten sich meine Muskeln ruckartig an, wie um sich gegen irgendetwas zu wappnen.

„Ihm ist doch nichts zugestoßen, oder?"

Katie schüttelte heftig den Kopf. Ihre Haarsträhnen schwangen dabei hin und her, ein paar davon blieben auf ihren feuchten Wangen kleben. „Oh nein, mit ihm ist alles in Ordnung. Es ist so, dass … Also, gestern Abend, während du bei deiner Mom warst, hat er mich angerufen. Er kennt ja meine Nummer, seit du mir von seinem Handy aus eine SMS geschrieben hast …"

„Jaja, ich weiß", unterbrach ich sie, schroff vor lauter Ungeduld. „Was hat er denn von dir gewollt?"

„Er hat mir gesagt, dass du deinen MP3-Player bei ihm vergessen hast." Jetzt schaute mich Katie erstmals direkt an, und so konnte sie beobachten, wie ich eine Hand in die Tasche meiner Baggy Pants steckte. Dabei wusste ich genau, dass mein MP3-Player da war. Schließlich hatte ich auf der ganzen Fahrt hierher Musik gehört.

Ein Missverständnis, nichts weiter. Vielleicht war es ja der Player von Fynn.

„Er meinte, dass du ihn nach deiner Rückkehr sicher brauchen würdest, um deine Choreo für morgen zu üben", fuhr meine Freundin hastig fort. „Ich wollte ohnehin nochmal raus zum Joggen, also hab ich gesagt, dass ich vorbeikomme und das Ding für dich hole. Liam hat … mir die Tür aufgemacht und gleich irgendwas über meine Sportkleidung gesagt. Du weißt schon, meine Hot Pants und das bauchfreie rosa Top. Dann hat er mir ein Glas Wein in die Hand gedrückt, weil ich vom Laufen ja sicher durstig sei, und …" Immer schneller strömte die Erzählung aus ihr heraus, als könnte sie die Worte einfach nicht mehr zurückhalten, ehe sie abbrach. In der eintretenden Stille hallte mir die Erinnerung an Freitagabend durch den Kopf: *„Sie ist verdammt scharf"*, hatte ich Katie scherzhaft präsentiert, und Liams Antwort hatte gelautet: *„Zweifellos."*

Ganz langsam gefror das Blut in meinen Adern zu Eis.

„Er hat dir also Komplimente gemacht", fasste ich hölzern zusammen. „Tut mir leid, wenn dir das unangenehm war. Ich schätze, das ist einfach seine Art."

Falls ich mir bis dahin noch ein wenig Hoffnung bewahrt hatte, wurde sie nun zerstört. Katie vergrub das Gesicht in beiden Händen, und ihre Schultern zuckten vor gedämpften Schluchzern. „Oh Gott, ich fühle mich so furchtbar. Ich hätte gar nicht davon anfangen dürfen, du hast ja morgen einen wichtigen Tag und solltest dich nicht mit so etwas quälen. Bitte verzeih mir." Immer wieder rieb sie sich über die Augen, wie um ihre Tränen dadurch zurückzuhalten. Als ich nach ihren Händen griff und sie von ihrem Gesicht wegzog, war das Weiß um ihre Iris von roten Äderchen durchsetzt.

„Schau mich an, Katie. Was hat Liam dir getan?"

Pfeifend rang sie nach Luft. „Er hat gefragt, ob ich die Nacht bei ihm verbringe. Und als … als ich abgelehnt habe, hat er versucht, mich zu küssen."

„Katie macht bestimmt keinen Stress deswegen, scheint ja ein cooles Mädchen zu sein." In meiner Erinnerung klang Liams Stimme seltsam verzerrt, künstlich, einfach nicht echt. Das konnte unmöglich wahr sein. Anstatt sofort von den Gefühlen überrollt zu werden, die sich ganz tief in meinem Inneren anstauten, wurde ich zuerst von einer seltsamen Ruhe erfasst. Ich schaffte es sogar, meiner Freundin tröstend über die Wange zu streicheln.

„Hasst du mich jetzt?", hörte ich sie wie von fern fragen, und ich schüttelte roboterartig den Kopf.

„Nicht doch. Mach dir keine Gedanken. Du kannst ja nichts dafür."

„Aber es ist so ungerecht!" Impulsiv warf mir Katie beide Arme um den Hals, während ich stocksteif dastand wie eine Schaufensterpuppe. „Das hast du nicht verdient! Erst dieses Drama mit Phil, und jetzt tut dir Liam so etwas Schreckliches an. Wenn ich es nur wieder gut machen könnte …" Ebenso abrupt, wie sie mich umarmt hatte, ließ sie mich los. „Du darfst ihn nicht darauf ansprechen, bitte! Ich will nicht, dass diese Sache eskaliert. Vielleicht kommt ihr irgendwie darüber hinweg, und selbst wenn nicht, würde dich ein Streit heute Abend nur zu sehr aufregen … Sag einfach gar nichts zu ihm, versprich mir das, ja?"

Diesmal vollführte mein Kopf ein mechanisches Nicken. „Okay."

Erneut drückte sie mich an sich, dann fuhr sie mit dem Ärmel ihres T-Shirts über ihre verheulten Augen. „Ich muss jetzt schlafen gehen, bin die ganze letzte Nacht wachgelegen. Aber es wird alles wieder gut, Süße. Du wirst sehen." Mit unsicheren Schritten ging sie in Richtung ihres Zimmers, drehte sich jedoch an der Tür noch einmal zu mir um. „Hab dich lieb."

„Ich dich auch."

Dann blieb ich alleine zurück. In den folgenden Sekunden konzentrierte ich mich nur darauf, möglichst tief ein- und auszuatmen. Vielleicht glaubte ich, mich dadurch beruhigen zu können. In Wirklichkeit aber schien es, als würde nicht nur Sauerstoff in mich hineinströmen, sondern auch die Erkenntnis dessen, was gerade passiert war. Jetzt konnte ich es noch einigermaßen ertragen – doch das Schlimme war, dass ich genau wusste, wie es nun weitergehen würde. Ich kannte das ja nur zu gut: diese Enttäuschung, die Selbstzweifel, die bohrende Scham, betrogen worden zu sein.

Ohne das Versprechen noch einmal zu erwägen, das ich Katie gegeben hatte, griff ich nach meinem Telefon. Schon nach dem zweiten Läuten nahm Liam ab.

„Hey, Coach. Alles klar?“

Normalerweise hätte ich mir gar nichts dabei gedacht, aber jetzt bemerkte ich sofort den lauernden Unterton in seiner Stimme. Als wäre er vor etwas auf der Hut, von dem er nicht sicher war, ob es auch wirklich eintreten würde. Einen Moment lang schloss ich die Augen. „Liam, möchtest du mir irgendwas erzählen?“ Sogar in meinem betäubten Zustand war es mir unangenehm, wie eine eifersüchtige Ehefrau zu klingen.

Am anderen Ende der Leitung blieb es still. Oh Gott, ich konnte mir genau vorstellen, wie er gerade aussah. Wahrscheinlich fuhr er sich mit einer Hand durch die wuscheligen braunen Haare. Nach einer viel zu langen Wartezeit hörte ich ein Räuspern, dann sagte Liam gedehnt: „Ich bin mir nicht sicher, ob ich weiß, worauf du hinauswillst.“

Die vorsichtige Zurückhaltung war nun unverkennbar. Ich ballte meine freie Hand zur Faust, sodass sich die Fingernägel in meine Handfläche bohrten. Jetzt nur keinen Rückzieher machen. Ich musste mir Klarheit verschaffen, den letzten naiven Zweifel ausräumen, und erst danach durfte ich in aller Ruhe zusammenbrechen. „Sag mir einfach die Wahrheit. Ist Katie gestern Abend bei dir gewesen, ja oder nein?“

Wieder eine Pause, wieder ein spürbares Zögern. Endlich ließ er die gesammelte Atemluft entweichen, und das Seufzen klang unnatürlich laut in meinen Ohren. „Okay. Ja, sie war hier."

Diesmal war ich es, die keine Antwort herausbrachte. Die Worte steckten irgendwo hinter dem Kloß in meiner Kehle fest, und je mehr ich mich anstrengte, umso mehr hatte ich das Gefühl, zu ersticken.

Nach einigen Sekunden hielt Liam mein Schweigen offenbar nicht mehr aus. „Scheiße", stieß er hervor, und jetzt war die künstliche Reserviertheit verschwunden. „Ich hätte echt nicht damit gerechnet, dass sie dir davon erzählen würde!"

In gewisser Hinsicht musste ich für sein dreistes Verhalten sogar dankbar sein: Zumindest wurde für den Augenblick meine Traurigkeit durch Wut ersetzt, die meine Schockstarre niederbrannte.

„Das wollte sie zuerst auch nicht!", gab ich zurück, und meine Stimme überschlug sich. „Aber es war ja nicht zu übersehen, dass sie völlig am Ende war! Wie konntest du ihr das nur antun, du mieser Kerl!"

„Rayne, ich komm gerade echt nicht ganz mit. Zugegeben, mein Verhalten hätte besser sein können. Aber warum machst du mir jetzt eine derartige Szene? So hätte ich dich wirklich nicht eingeschätzt."

„Und zwar wie?"

„Keine Ahnung, dass …", er schien den Faden zu verlieren, schluckte hörbar und fing sich wieder, „dass du die Sache zwischen uns so bewertest. Und ich dachte, gerade wenn es um deine Freundin geht …"

„Dann was?!", fiel ich ihm fassungslos ins Wort. „Was, glaubst du, wird dadurch gerechtfertigt? Aber ich hätte es wissen müssen, von Anfang an. Du bist ganz einfach jemand, der Frauen behandelt wie den letzten Dreck!"

„Jetzt mach aber mal halblang!" Plötzlich war Liams Tonfall scharf. „Du hast überhaupt kein Recht, mir solche Vorwürfe an den Kopf zu knallen – erstens sowieso nicht, und zweitens nicht nach dem, was du zu mir gesagt hast!"

Tu es nicht. Bitte erwähne nicht meinen bescheuerten Vergleich mit dem Sex-Ventil, mit dem ich alles aus Unsicherheit kleingeredet habe …

„Wir hatten eine Abmachung", unterbrach er mein stummes Bitten. „Und daran habe ich mich gehalten."

Die Kälte, mit der er das sagte, raubte mir zuerst den Atem. Es fühlte sich ein bisschen so an wie der Moment, als mich Phil im Restaurant vor allen Gästen gedemütigt hatte – mit dem Unterschied, dass mein Ex schon während unserer Beziehung oft kühl zu mir gewesen war. Liam hatte mir jedoch erfolgreich vorgegaukelt, dass unter seiner arroganten Schale echte Freundlichkeit steckte. Dabei hatte mich Katie gleich zu Beginn vor ihm gewarnt!

„Weißt du was?", sagte ich mit dem allerletzten Rest Beherrschung. „Wir beide sind fertig miteinander. Halt dich in Zukunft von mir fern, und natürlich von Katie und … am besten fährst du ganz einfach zur Hölle."

Dann legte ich schnell auf, gerade noch früh genug. Kaum hatte ich mein Handy sinken lassen, begann ich am ganzen Körper zu zittern, sogar meine Zähne schlugen aufeinander wie im Schüttelfrost. Ich weinte nicht, generell fast nie – und schon gar nicht wegen eines Liam Parker. Aber ich kannte den Zustand gut genug, um zu wissen, dass dieses innerliche Beben einem Schluchzen gleichkam. Auf weichen Knien stolperte ich in die Küche und schloss die Tür hinter mir. Zuerst bildete ich mir noch ein, dass ich bloß Katie nicht wecken wollte, aber diese falsche Selbstlosigkeit fiel in sich zusammen, als ich zielstrebig auf den Kühlschrank zusteuerte. Das Knirschen der Gefrierfachklappe ließ sich leider nicht vermeiden, doch Katies Schlaf schien ausreichend tief zu sein. Ich legte meine Finger um eine vereiste Flasche Vodka, während das nervige Stimmchen in meinem Kopf mir noch vorjammerte, wie unvernünftig das war. Vermutlich sollte ich jetzt ein letztes Mal meine Choreografie proben. Oder einen Eiweiß-Shake runterwürgen und mich dann ins Bett legen. Aber niemand, nicht einmal Miss Devinsky, hätte mir nach einem derartigen Abend einen richtigen Drink verweigert. Im Moment war mir einfach jedes Mittel recht, das mir dabei half, meine Gefühle wieder unter Kontrolle zu bringen.

Ich machte noch einen stockenden Atemzug, ehe ich den Schraubverschluss öffnete.

14. Kapitel

Als ich aufwachte, fühlte ich mich wieder wie mit sechzehn.

Genauer gesagt wie an jenem denkwürdigen Tag, kurz nachdem mein Vater uns verlassen hatte und ich in einem Akt der Rebellion trotzdem zum *Daddy/Daughter Dance* gegangen war, nur in Begleitung einer geklauten Flasche Rum. Am nächsten Morgen hatte mich Dackeldame Berta unter einem Pult des historischen Schulgebäudes entdeckt, wo ich mir feierlich die Seele aus dem Leib kotzte.

Heute war ich zwar um einiges trinkfester, aber ich hatte dennoch wieder gute Lust, mich in einem dunklen Winkel zu verkriechen. Das Sonnenlicht sickerte durch die Schlitze meiner Lider geradewegs in meinen Schädel und setzte dort meine Gehirnwindungen in Brand. Stöhnend rollte ich mich zur Seite und vergrub den Kopf unter meinem Kissen. Die Welt konnte mich heute gern haben. Gute Nacht.

Nur Sekunden später fuhr ich wie vom Blitz getroffen hoch. Der Schmerz in meinem Kopf explodierte, aber mein Schrei hatte nichts damit zu tun. Auf allen Vieren krabbelte ich über die Matratze hinüber zum Nachttisch, grapschte nach meinem Handy – und im nächsten Moment wollte ich mich nicht mehr verkriechen, sondern am liebsten gleich vom Rand der Erde fallen.

Es war neun Uhr dreiundfünfzig. In sieben Minuten würde das Vortanzen beginnen und gleich nach dem Aufruf meines Namens auch schon wieder vorbei sein. *Rayne Adams? Die liegt mit einem Hangover und einem gebrochenen Herzen im Bett.*

Zittrig öffnete ich eine der Nachrichten, die sich über Nacht in meinem Posteingang gesammelt hatten. Elf davon waren von Liam, und ich ignorierte sie komplett – versuchte gar nicht darüber nachzudenken. Die zwölfte hatte mir Katie erst vor wenigen Minuten geschrieben:

Katie Miller: *Hey, du bist sicher schon im Theater. Ich verspäte mich ein bisschen, treffen uns gleich dort.*

Oh Gott, wieso hatte sie vor ihrem Aufbruch nicht einfach nachgesehen, ob ich noch da war? Andererseits konnte man kaum damit rechnen, dass jemand den vielleicht wichtigsten Termin seit Jahren verpennte. Niemand sonst auf der ganzen weiten Welt wäre derart bescheuert, verdammt nochmal!

Jetzt kam endlich Leben in meine müden Glieder. Ich fiel regelrecht aus dem Bett und taumelte ins Badezimmer, wo mir mein Spiegelbild unmissverständlich klarmachte, dass ich in Wahrheit *nicht* sechzehn Jahre alt war. Mit diesen Augenringen passte ich weniger in die *West Side Story* als in *Tanz der Vampire.* Ich begnügte mich mit Zähneputzen, fuhr in mein schwarz-rotes Bühnenoutfit und lief in den Flur … wo mir drei Nullen von der Digitaluhr entgegenklafften wie höhnische Münder.

Das war der Moment, in dem mir die Aussichtslosigkeit meiner Lage vollends zu Bewusstsein kam. Miss Devinsky hatte keinen Zweifel daran gelassen, dass meine Wiederaufnahme an einem seidenen Faden hing, und den hatte ich gerade ein für alle Mal gekappt. Trotzdem eilte ich an der blinkenden 10:00 vorbei durch die Tür, polterte die Treppen hinunter, stürzte hinaus in den viel zu grellen Sonnenschein. Es war, als hätte ein Autopilot-Programm die Kontrolle über meinen Körper übernommen. Sobald ich eine der neongelben Säulen für Mietfahrräder entdeckte, sprintete ich darauf zu wie auf die letzte Cola in der Wüste. Noch im Laufen kramte ich einige Münzen aus meiner Hosentasche hervor, bezahlte, schnappte mir ein Rad und strampelte los. Der Fahrtwind peitschte mir ins Gesicht, aber das änderte nichts daran, dass mir bald ein Rinnsal aus Schweiß den Rücken hinunterströmte. Hangover, Leistungssport und Miami Beach – definitiv keine gute Kombination. Ich war bereits ziemlich außer Puste, als ich endlich in der Lincoln Road anlangte. Dennoch reichte meine Atemluft zu einem deftigen Fluch, als mir einfiel, dass die Einkaufsstraße neuerdings zur reinen Fußgängerzone erklärt worden war. Ich verfrachtete mein Fahrrad in den nächsten *DecoBike*-Ständer und raste dann zwischen den Leuten hindurch, die sich zu beiden Seiten des Gehwegs unter Sonnenschirmen zusammendrängten. Lincoln Road war gesäumt von Läden, Cafés und Restaurants, aber heute nahm ich diese farbenfrohe Vielfalt kaum wahr. Mein Blick haftete einzig und allein an einem weißen Gebäude mit grüngestreifter Markise, auf dessen Vordach in Großbuchstaben das Wort COLONY prangte. Von außen und bei Tageslicht wirkte das Theater nicht sehr beeindruckend, doch im Inneren hatte ich immer das Gefühl, achtzig Jahre in der Zeit zurückzureisen. Das Foyer war komplett im Art-Déco-Stil gehalten, mit einem glänzenden Terrazzo-Boden, Fliesen an den Wänden und altmodischen Lampenschirmen. Schon beim Eintreten glaubte ich jedes Mal, die Bühnenmagie in der Luft zu schmecken. Und nun würde ich wohl nie mehr dort tanzen dürfen – zumindest nicht mit der *Miami Motion Company*.

Ich war so versunken in mein Selbstmitleid, dass ich die Personen vor dem Theater kaum beachtete. Erst als ich mich bis auf wenige Meter genähert hatte, schwante mir, dass hier etwas ganz und gar nicht stimmte. Üblicherweise blieb das Colony Theatre an Werktagen für Besucher geschlossen, und es gab keinen Grund, weshalb sich eine aufgeregte Menschentraube vor den Eingangstüren versammeln sollte. Schließlich drehte sich eine der Personen zu mir um, beide Hände in einer verzweifelten Geste über dem Kopf verschränkt. Ich erkannte Ruby Lawrence, das jüngste Mitglied der Company – aber noch ehe ich ihr zuwinken konnte, vertrat mir ein Mann in Uniform den Weg.

Mein Magen zog sich schmerzhaft zusammen. *Feuerwehr.* Und er machte nicht den Eindruck, als wäre das hier bloß eine Übung.

„Ich muss Sie bitten, Abstand zu halten, Ma'am", herrschte er mich an. Unter anderen Umständen hätte ich ihn bestimmt attraktiv gefunden mit seiner muskulösen Figur und den blonden Haaren, doch sein Tonfall jagte mir einen Schauer über den Rücken.

„A-aber das da vorne sind … waren … meine Kolleginnen“, stammelte ich hilflos. „Was ist denn passiert?“

„Darüber kann ich Ihnen im Moment keine Auskunft erteilen“, antwortete er streng, und seine grünen Augen verengten sich. „Fest steht, dass niemand dieses Gebäude betreten darf, bis Entwarnung gegeben wird. Alles klar?“

Natürlich, du hast mir ja so viele Informationen geliefert. Mit zusammengebissenen Zähnen versuchte ich seinem Blick standzuhalten, ihn vielleicht irgendwie zum Einlenken zu bringen, aber seine Gesichtszüge schienen wie aus Stein gemeißelt. Jedenfalls so lange, bis aus ein paar Metern Entfernung ein Keifen ertönte und die Lippen des Feuerwehrmanns unübersehbar zuckten. Diese Stimme hätte ich wohl unter tausenden herausgehört:

„Das ist einfach skandalös! Eine bodenlose Frechheit – ich will auf der Stelle Ihren Vorgesetzten sprechen. Einem Oberarzt. Oder Chefarzt. Oder sonst irgendjemanden, der nicht so aussieht wie der Neffe von McDreamy!“

Ich machte einen Satz zur Seite und schaute am ausladenden Brustkorb des Feuerwehrmanns vorbei zum Theater. Nun entdeckte ich gleich Miss Devinsky, die ihre typische Haltung eingenommen hatte: die Füße als Überbleibsel ihrer Ballettkarriere in der ersten Position, die Hände in die Seiten gestemmt. Ihre dürre Gestalt verdeckte nur teilweise das Opfer ihrer Tirade, und so konnte ich einen weißen Kittel sowie einen Arztkoffer erspähen.

„Bitte beruhigen Sie sich", bat der Doktor schnell, als Miss Devinsky offenbar mal Luft holen musste. „Die Untersuchungen der Seuchenschutzbehörde werden in Kürze abgeschlossen sein, dann darf ich die Sperre des Gebäudes wieder aufheben. Es ist doch sicher auch in Ihrem Interesse, dass niemand aus Ihrer Tanzgruppe an Schweinepest erkrankt, oder?"

Ruby Lawrence, die in jeder freien Minute mit ihrem Smartphone beschäftigt war, hob die Hand. Sie wirkte dabei wie eine Grundschülerin, wartete aber zumindest nicht, dass jemand sie aufrief. „Bitte", piepste sie, „auf Wikipedia steht, dass Schweinepest nicht auf den Menschen übertragbar ist."

Die Stille, die darauf folgte, war angesichts des bisherigen Tumults schon fast unheimlich.

„Ähm", sagte der Doktor schließlich. Er trat wohl von einem Fuß auf den anderen, denn durch seinen Positionswechsel konnte ich nun auch seinen Arm unter dem hochgekrempelten Kittel erkennen. Seinen sehr gebräunten Arm. Irgendwie kam mir dieser Anblick vage bekannt vor, aber ich hätte beim besten Willen nicht sagen können, woher.

„Meinen Sie vielleicht die Schweinegrippe?", schlug Ruby artig vor.

„Ja, das. Genau das hab ich gemeint."

„Das haben Sie gemeint?", trompetete Miss Devinsky. „Sind Sie überhaupt ein richtiger Arzt?!"

„Selbstverständlich bin ich das. Hier ist mein Stethoskop. Ich kann Sie gerne mal abhören, wenn Sie wollen."

„Also das ist ja wohl die – *Finger weg!* Sie nennen mir jetzt auf der Stelle Ihren Namen, damit ich mich über Sie beschweren kann!“

„Mit dem größten Vergnügen.“ Während der Doktor eine Kunstpause einlegte, ließ mich der blonde Feuermann endlich aus den Augen. Ich drängte mich an ihm vorbei und eilte, von einer dunklen Ahnung erfüllt, auf die Leiterin der Company zu. Gerade als ich nahe genug herangekommen war, um ihren Gesprächspartner zu erkennen – als mir der Mund aufklappte und ich überrumpelt nach Luft rang –, verkündete der lebensgroße Ken voller Stolz: „Ich … bin Doktor Feelgood.“

Mir blieb keine Gelegenheit, auch nur einen Ton herauszubringen. Wie aus dem Nichts war ein weiterer Uniformträger aufgetaucht, der mir unter dem Schirm seiner Kappe einen schnellen Blick zuwarf. Dann machte er gut sichtbar für die anderen beiden eine Geste in meine Richtung.

„So, Ma'am, alles klar“, wandte sich Troy, der Peusdo-Doc, sofort wieder an Miss Devinsky. „Eben hat mir Deputy Ha… arris Entwarnung gegeben. Sie dürfen das Gebäude nun betreten, okey-dokey?“

Einen Moment lang sah Miss Devinsky ganz danach aus, als wollte sie ihn mit seinem überdimensionalen Stethoskop strangulieren. Dann aber seufzte sie bloß zum Steinerweichen.

„Okey-dokey.“ Mit einer Miene, die auch einem Märtyrer gut gestanden hätte, scheuchte sie die Company-Mitglieder zum Eingang. „Geht euch jetzt umziehen, in drei Teufels Namen. Wir haben wahrhaftig schon genug Zeit verloren." Jetzt erst schien sie mich überhaupt zu bemerken. „Rayne, meine Gute! Bitte entschuldige, dass du so lange auf die Folter gespannt wurdest. Dein Vortanzen erledigen wir gleich zu Beginn, ja?"

Ich nickte bloß, außerstande, einen vernünftigen Satz zu bilden. Miss Devinsky hatte von meiner Verspätung gar nichts mitbekommen. Sie hatte mich „meine Gute" genannt. *Und ich hatte immer noch eine Chance.*

In einem plötzlichen Anflug von Erschöpfung legte ich mir beide Hände aufs Gesicht und atmete einmal tief durch. Als ich sie wieder sinken ließ, waren die Tänzer bereits durch die Glastüren verschwunden – und Liam stand direkt vor mir.

„Ist ja gerade nochmal gut gegangen, was, Coach?", fragte er, doch es klang weit weniger selbstbewusst als sonst.

Instinktiv machte ich einen Schritt rückwärts. „Was, um Himmels willen, tust du hier?"

„Na ja, nach unserem gestrigen … Gespräch hatte ich schon befürchtet, dass es dir nicht so gut gehen würde." Mit einer hastigen Bewegung zog er die Polizeikappe vom Kopf und begann sie zwischen den Fingern zu drehen, während er weiterredete. „Heute Morgen hast du auf keine meiner Nachrichten geantwortet. Also dachte ich, dass ich dir mit Troy und Matt noch etwas mehr Zeit verschaffen könnte …"

„Und da inszeniert ihr einfach mal einen Noteinsatz?" Die Kopfschmerzen, die ich während meiner fieberhaften Eile kaum gespürt hatte, waren nun wieder da, sogar noch schlimmer als zuvor. „Liam, du hast mir weisgemacht, dass du ins Gefängnis kommen könntest, nur weil du in deinem eigenen Apartment eine echte Uniform getragen hast. Das war vielleicht Blödsinn, aber es ist ganz bestimmt verboten, *in der Öffentlichkeit* so aufzutreten!"

„Ist mir scheißegal." Liam setzte die Kappe wieder an ihren Platz und beugte sich ein wenig zu mir herunter. „Hör zu, da ist so viel schief gelaufen zwischen uns. Ich wollte sehen, ob wir das irgendwie aus der Welt schaffen können. Und ich bin nicht davon ausgegangen, dass du die heutige Trainingsstunde mit mir einhalten würdest ..."

„Das kann ja wohl nur ein schlechter Scherz sein." Ich war viel zu fassungslos, um Wut auf ihn zu empfinden. Die Tatsache, dass er nach all dem immer noch auf meine Hilfe hoffte, bewies, dass er rein gar nichts kapiert hatte. Eigentlich konnte ich genauso gut die Karten auf den Tisch legen. Mehr als meinen Stolz hatte ich nicht zu verlieren. „Weißt du", stieß ich schnell hervor, ehe mich der Mut wieder verließ. „Auch wenn du anscheinend einen anderen Eindruck gewonnen hast ... mir war das zwischen uns wirklich ernst."

Keine Ahnung, mit welcher Reaktion ich gerechnet hatte, aber ganz bestimmt nicht mit Liams spöttischem Schnauben. „Ja, man merkt's. So schnell, wie du bereit warst, mich fallen zu lassen."

„Damit beziehe ich mich nicht auf unser Training, verdammt!" Hilflos rang ich nach Worten, aber schließlich schüttelte ich nur den Kopf. Es hatte keinen Zweck. Jemand wie Liam würde niemals einsehen, was er falsch gemacht hatte. „Ich muss rein", sagte ich und versuchte, es so kalt wie möglich klingen zu lassen. „Danke für die Show, die du für mich abgezogen hast, obwohl das total bescheuert war. Jetzt nimm deine beiden Kumpels und verschwinde, bevor hier echte Cops aufkreuzen."

Ohne ihn noch einmal anzusehen, steuerte ich steifbeinig auf den Eingang des Theaters zu. Als ich das Foyer betrat, glaubte ich, ihn meinen Namen rufen zu hören, aber ich drehte mich nicht um.

Miss Devinsky wartete bereits im Vorführraum auf mich. Normalerweise hätte sie mich wegen meiner Trödelei zurechtgewiesen, doch heute schien ihr Vorrat an Empörung bereits erschöpft. Sie winkte mich bloß auf die Bühne, startete die Musik – und dann bewies auch ich, dass ich mich anders verhalten konnte als sonst. Hätte ich früher unter einem solchen Hangover gelitten, wäre übermüdet und am Boden zerstört gewesen, dann hätte ich damit nicht hinterm Berg gehalten. Ich hätte nur die notwendigsten Bewegungen ausgeführt, mich voll und ganz auf mein Talent verlassen und die erste Gelegenheit ergriffen, um ein Wortgefecht mit der Leiterin zu beginnen. Jetzt aber gab ich trotz meiner Erschöpfung alles, und als Miss Devinsky mich am Ende lobte, reagierte ich nicht mit einem frechen Spruch, sondern bedankte mich tonlos für die zweite Chance.

Es stimmte, dass mich das Training mit Liam verändert hatte. Mir war nur nicht so recht klar gewesen, wie sehr.

15. Kapitel

Meine neue Disziplin hielt die ganze Woche an. Seit dem Gelage beim *Daddy/Daughter Dance* vor acht Jahren hatte ich mir immer eingeredet, nur mithilfe von Hochprozentigem negative Gefühle vertreiben zu können, doch jetzt stellte ich fest, dass so etwas auch mit hartem Training möglich war. Das erschien mir zwar merkwürdig, weil ich früher beim Tanzen besonders viel empfunden hatte, aber es konnte mir nur recht sein. Letztendlich hatte ich mich wohl in genau das verwandelt, was sich Miss Devinsky Katie zufolge wünschte: eine Aufziehpuppe, die ohne Wenn und Aber funktionierte.

Übrigens sah ich meine beste Freundin mit Ausnahme von den Trainingsstunden nur noch selten. Sie betrat unser gemeinsames Apartment bloß zum Schlafen, und wenn wir uns mal zufällig über den Weg liefen, wich sie meinem Blick aus. Obwohl sie mir fehlte, konnte ich sie doch verstehen. An ihrer Stelle hätte ich wahrscheinlich auch nicht gewusst, wie ich mich verhalten sollte. So schlug ich mich also alleine durch und erledigte alles zu Miss Devinskys Zufriedenheit – bis zur letzten Probe der Woche.

Der Probe am Freitagabend. Kurz vor Beginn der Sparkling Night.

Diesmal arbeiteten wir ausgerechnet an einer Szene, die eigentlich meine volle Aufmerksamkeit erforderte: Anita versucht ihre Freundin Maria davon zu überzeugen, dass eine Beziehung mit Tony, dem Jungen aus der gegnerischen Bande, keine Zukunft hat. All ihre Argumente sind jedoch vergeblich, weil Maria nur an ihre große Liebe denken kann – und ich konnte nur daran denken, wie dieser Idiot Liam Parker seinen Auftritt verbocken würde. Schließlich waren wir nicht mehr dazu gekommen, das Hebemanöver mit dem Stuhl zu proben. Und die Choreografie lag mir eben am Herzen. Es war also ganz normal, dass meine Gedanken um die Sparkling Night kreisten, oder? Leider würde eine solche Entschuldigung wohl kaum Miss Devinsky besänftigen, deren Gesichtsausdruck mit Fortschreiten der Probe immer verkniffener wurde. Wenigstens brauchten wir in unserer Inszenierung der *West Side Story* nicht zu singen, sondern tanzten lediglich zu einem Hip-Hop-Remix der Musicalnummern. Trotzdem fiel es mir schon schwer genug, mich zu konzentrieren, während Anitas Stimme aus den Lautsprechern schallte:

A boy like that
Wants one thing only
And when he's done
He'll leave you lonely …

Katie führte dazu ein wildes, herausforderndes Solo auf, wobei sie den Eindruck erwecken sollte, als versuchte sie mich in einem Dance Battle zu besiegen. Danach folgte meine „Antwort", die allerdings deutlich zahmer ausfiel. Es waren einige klassische Elemente enthalten, und deshalb lag diese Nummer Miss Devinsky besonders am Herzen: Schließlich bot ihr das die Gelegenheit, auf ihre Erfahrungen als Ballerina zurückzugreifen. Wieder und wieder ließ sie mich die Schrittfolge durchexerzieren, bis ich den Track kaum mehr ertragen konnte.

I have a love and it's all that I have
Right or wrong, what else can I do?
I love him, I'm his
And everything he is
I am too …

„Aufhören!" Miss Devinskys Stimme drang durch die Rhythmen wie ein Nebelhorn. Ruby Lawrence, hilfreich wie immer, unterbrach die Musik. Sekundenlang war nichts anderes zu hören als mein Keuchen, während die Leiterin der Company mehrmals den Kopf schüttelte.

„Es ist mir ein Rätsel, was daran so schwer sein soll, Rayne!", tadelte sie mich. „Deine Technik ist in Ordnung, aber der Rest …"

„Ich gebe mir wirklich Mühe", protestierte ich, als ob das notwendig gewesen wäre – jeder aus der Company konnte sehen, dass mir mein Shirt verschwitzt am Körper klebte.

„Das ist es ja gerade!", entgegnete Miss Devinsky gereizt. „Du strengst dich viel zu sehr an! Dabei sollte dieser Part ganz leicht aussehen, mädchenhaft, zart …"

„Und wie tanze ich?"

„Wie eine Mischung aus Jeanne d'Arc und Jackie Chan!"

Oh. Das war in der Tat nicht so passend. „Ich versuche es etwas weniger aggressiv", versprach ich und nahm meine Anfangsposition ein, obwohl mir inzwischen jeder Muskel wehtat.

„Wenn du die Güte hättest." Miss Devinsky gab Ruby einen Wink, und sofort setzte wieder dieser entsetzliche Kitsch ein, dem auch die harten Bässe nichts anhaben konnten. *And everything he is, I am too?* Also ein oberflächlicher, verlogener, mieser …

„Musik aus! AUS!"

Ich stoppte mitten in einer Abfolge von Fouetté-Drehungen und kam schwankend zum Stehen. Mir war klar, dass ich Mist gebaut hatte – meine Performance erinnerte nicht an ein träumerisches Schweben, sondern eher an einen lebensgefährlichen Rundumkick.

Gerade holte ich Luft, um Miss Devinsky um Entschuldigung zu bitten, als ich aus dem Augenwinkel eine Bewegung wahrnahm. Bisher hatte Katie am vorderen Rand der Bühne gestanden und mich stumm beobachtet. Nun aber stürmte sie ohne ersichtlichen Grund auf die Treppe zum Backstage-Bereich zu.

„Wo willst du bitteschön hin?", keifte Miss Devinsky, und da erst drehte sich Katie wieder um. Erschrocken schaute ich in ihre aufgelöste Miene.

„Einfach nur hier raus!", fauchte sie zurück, in einem Tonfall, den ich von ihr gegenüber unserer Leiterin noch niemals gehört hatte. Eigentlich überhaupt noch nie. Bevor irgendjemand reagieren konnte, hatte sich Katie bereits herumgeworfen und war hinter dem Vorhang verschwunden.

Wie vom Donner gerührt starrte ich ihr hinterher. „Was ist denn jetzt los?"

„Ach, lass sie trotzen“, antwortete Miss Devinsky unwirsch, jedoch nicht so, als wäre sie von Katies Ausbruch sonderlich überrascht. „Sie muss endlich akzeptieren, dass du die Rolle als Maria zurückbekommen hast.“

„Wie, akzeptieren?“ Ich wischte mir mit dem Handrücken über die Stirn und blinzelte verwirrt. „Katie freut sich doch, dass ich wieder da bin. Sie hat sich schließlich selbst bei Ihnen dafür eingesetzt!“

Miss Devinsky sah mich schweigend an, bis sie einen tiefen Seufzer ausstieß. „Vielleicht ist es das Beste, wenn wir für heute Schluss machen. Dann könnt ihr das in Ruhe klären, und wir setzen morgen an dieser Stelle fort. Aber eines solltest du wissen: Katie hat mich niemals um deine Wiederaufnahme gebeten. Von ihr habe ich bloß zu hören bekommen, du hättest einen neuen Job gefunden und deshalb das Interesse an der Company verloren.“

Sie wedelte mit einer Hand, und die umstehenden Tänzer, die mit mäßigem Interesse gelauscht hatten, setzten sich in Bewegung. Wie in Trance folgte ich ihnen zum Backstage-Bereich, während sich meine Gedanken überschlugen. Das ergab doch alles keinen Sinn! Noch nie zuvor hatte meine Freundin mich angelogen – ich hätte nicht einmal gedacht, dass sie dazu überhaupt in der Lage war, ohne zu erröten. Sie war der Mensch, den ich abgesehen von meiner Mom am besten zu kennen glaubte. Auch jetzt wusste ich ganz genau, wo ich sie suchen musste: in einer Kammer nahe des Bühnenaufgangs, wo die Kostüme für die nächsten Vorstellungen aufbewahrt wurden.

Anders als ich hatte Katie immer ein Faible für Mode gehabt, und sie liebte es, von farbenfrohen Stoffen umgeben zu sein.

Wie erwartet sah ich ihre angewinkelten Beine aus einer Reihe Tutus hervorlugen, sobald ich den Raum betrat. Ihre Knie wirkten immer ein bisschen knubbelig, weil sie im Gegensatz zu mir nie vergaß, während der Proben die vorschriftsmäßigen Schützer zu tragen. Bei diesem Anblick wurde mir bewusst, dass ich trotz der Lüge nicht wirklich sauer war – nur völlig durcheinander und ratlos.

Dafür schien Katie genug Wut für uns beide zu haben. „Lass mich in Ruhe", schleuderte sie mir entgegen, kaum dass ich den Kleiderständer umrundet hatte. „Wirst du nicht auf der Bühne gebraucht? Die Probe kann doch unmöglich ohne die *Leadtänzerin* weitergehen!"

„Was redest du denn für einen Quatsch? Anita ist in dieser Szene ganz genauso wichtig – eigentlich im gesamten Stück." Ich wollte vor ihr in die Hocke gehen, aber sie schnellte vom Boden hoch. Zornentbrannt funkelte sie mich aus ihren dunklen Augen an, die meinen bis auf die fehlenden goldbraunen Sprenkel zum Verwechseln ähnlich waren.

„Oh ja, absolut unentbehrlich. Jede Heldin braucht schließlich einen Sidekick!"

„Du spinnst. Anita ist eine Wahnsinnsrolle, Rita Moreno hat dafür sogar …"

„Ach, hör mir auf mit Rita Morenos Oscar", fiel mir Katie schneidend ins Wort. „Ich halte das nicht aus, diese gönnerhafte Art von Leuten, die sich ständig im Rampenlicht sonnen!“ In übertrieben gespielter Begeisterung schlug sie die Hände zusammen und zwitscherte schrill: „*Rayne ist ja soo talentiert, sie ist die geborene Tänzerin* … Dir fliegt alles zu, ohne dass du dich überhaupt anstrengst. Beim Training bist du nachlässig, du achtest nicht mal auf deine Ernährung – trotzdem bleibst du Miss Perfect und ich deine fehlerhafte Kopie. Das sieht jeder so! Egal, ob es nun die Typen sind, die in Clubs immer zuerst dich ansprechen, oder mein bester Schulfreund, der sich schon nach einem einzigen Abend in dich verliebt hat.“

Ich brauchte einen Moment, bis der Sinn ihrer Worte zu mir durchgedrungen war. „Phil?“, fragte ich dann tonlos. „Du warst in Phil verliebt? Aber davon hast du nie was gesagt …“

„Wozu denn auch. Er hat dich auf der Bühne gesehen, wo du die Hauptrolle getanzt hast – mal wieder –, und von da an hatte er sowieso nur noch Augen für dich. Der perfekte Freund für meine perfekte Freundin.“

Ein ungläubiger Laut rutschte mir über die Lippen. „Von wegen *perfekter Freund!* Du erinnerst dich wohl hoffentlich noch daran, dass mich dieser Kerl nach Strich und Faden betrogen hat!“

Katie nickte langsam. Plötzlich wirkte sie nicht mehr aufgebracht, sondern auf eisige Art ganz ruhig. „Stimmt, das war dein erster Rückschlag, und mit dieser neuen Erfahrung bist du leider gar nicht gut klargekommen. Dafür hatte ich endlich mal eine

Chance. Was glaubst du denn, wer für dich als Maria eingesprungen ist?"

„Na Ruby, die Zweitbesetzung", sagte ich plump, während sich ein mieses Gefühl in meinem Bauch ausbreitete. Als Katie freudlos lachte, verwandelte es sich vollends in Übelkeit.

„Von wegen! Deine Zweitbesetzung taugt nichts, das hab ich dir schon nach der ersten Probe erzählt. Einen Tag später hat auch die Devinsky eingesehen, dass diese Show nur erfolgreich sein würde, wenn jemand mit richtigem Biss die Hauptrolle spielt. Ich hab mich halb zu Tode geschuftet, um eine überzeugende Maria zu sein! Ich verdiene diese Rolle, verdammt nochmal! Und ich hätte alles dafür getan, dass du sie mir nicht wieder wegnimmst."

„Auch mich anlügen?" Ich versuchte, es möglichst sanft zu fragen, aber meine Enttäuschung brach trotzdem durch. „Wenn du mir doch einfach mal gesagt hättest, wie es dir mit all dem geht. Dann hätte es nie so weit kommen müssen."

Katie drehte den Kopf weg, richtete ihren Blick starr auf eines der Tutus. „Jetzt jammere mir bloß nichts von deinem Stripper vor. Anscheinend hat eure Aussprache nicht geholfen, also war das mit euch sowieso von Anfang an zum Scheitern verurteilt."

„Was?" Ich lehnte mich zur Seite, um in ihrem Gesicht lesen zu können, aber als Reaktion wandte sie sich nur noch mehr von mir ab.

„Stell dich nicht so dumm", sagte sie undeutlich. „Ich hab euch doch am Montag vor dem Theater miteinander reden sehen. Aber nach deiner heutigen Leistung zu urteilen, herrscht zwischen euch immer noch Eiszeit, obwohl ihr alles geklärt habt …"

Jetzt riss mir der Geduldsfaden. Ich griff nach ihren Schultern und zerrte sie wieder zu mir herum, damit sie mir in die Augen sehen musste. „Katie, bitte, das geht jetzt alles durcheinander. Ich hab eigentlich deine Lüge darüber gemeint, dass du bei Miss Devinsky ein gutes Wort eingelegt hättest. Wovon zur Hölle sprichst *du* gerade?!"

Unsanft machte sich Katie von mir los. „Du hast es also immer noch nicht kapiert? Na schön, im Grunde ist es jetzt auch schon egal." Trotzig hob sie das Kinn, als wollte sie mich herausfordern, indem sie weiterredete: „Seit du mir am Freitag von deinem Vortanzen erzählt hast, habe ich mir den Kopf darüber zerbrochen, wie ich meine Rolle behalten könnte. Und dann kam Liams peinlicher Auftritt beim Probe-Essen. Die Art, wie du ihn angeschaut hast … Ich wusste gleich, dass du ihm von da an verfallen warst. Haargenau wie damals mit Phil. Bestimmt hätte es dich wieder komplett aus der Bahn geworfen, wenn er dir untreu gewesen wäre, und dann hättest du beim Vortanzen versagt."

Meine Miene gab wohl zu viel preis, denn Katie geriet kurz ins Stocken. Wahrscheinlich rechnete sie auch damit, dass ich irgendetwas sagen würde, aber ich brachte kein Wort heraus. Ich konnte sie nur anstarren, während mir bereits dämmerte, worauf das alles hinauslief – selbst wenn es mir immer noch vorkam wie ein hässlicher, absurder Traum.

„Ja, vielleicht war das etwas extrem", räumte Katie nun ein. „Doch was hätte ich sonst tun sollen? Als du mir eine SMS von seinem Handy geschickt hast, wollte ich wenigstens irgendwas unternehmen. Darum hab ich gewartet, bis du in Homeland warst, und Liam dann angerufen. Ich … ich meine, er hat doch den Eindruck erweckt, als würde ich ihm ganz gut gefallen, nicht wahr? Meinen Vorwand, dass ich ein bisschen einsam wäre und mit ihm abhängen wollte, hat er auch gleich akzeptiert. Aber keine Ahnung, was mit dem Typen nicht stimmt – sobald ich einen Annäherungsversuch gemacht habe, war er total abweisend. Hat mir ganz schön harte Worte an den Kopf geworfen, sogar dann noch, als ich zu heulen angefangen habe, damit er dir nichts verrät." Katies Mundwinkel zuckten nach oben, aber es sah weniger so aus wie ein Lächeln als wie eine schmerzhafte Grimasse. „Falls das zwischen euch jemals wieder was werden sollte, musst du ihm unbedingt beibringen, netter zu deinen Freunden zu sein. Das war keine Glanzleistung für einen Gentleman."

Mit eckigen Bewegungen verschränkte sie die Arme vor der Brust, wie zum Zeichen dafür, dass sie geendet hatte und auch keine Rechtfertigung hinterherschicken würde. Stumm lauschten wir beide den gedämpften Stimmen unserer Kollegen aus den Umkleideräumen. Währenddessen versuchte ich mit aller Kraft zu begreifen, was Katies Erzählung genau bedeutete:

Liam hatte mich gar nicht betrügen wollen. Er musste geglaubt haben, dass ich ihn ohne Probleme an meine beste Freundin weitergereicht hätte, und dass ich ihm nur seine barsche Reaktion auf ihre Annäherung zum Vorwurf machte. Oh Gott, was für ein widerwärtiges Bild war da von mir entstanden! Und dabei hatte sich Liam die ganze Zeit an unsere ursprüngliche Abmachung gehalten: keine anderen Frauen während des Trainings. Aber nicht etwa, weil er dazu gezwungen war, sondern weil er es wollte.

Sobald ich an diesem Punkt angelangt war, begann sich mein Herzschlag zu beschleunigen – zuerst nur ein wenig, als könnte er dem Ganzen noch nicht so recht trauen, und dann immer heftiger. Von der Aufregung, die dabei in mir hochkochte, wurde mir regelrecht schwindelig.

„Was ist", fragte Katie, aber jetzt klang sie nicht mehr herausfordernd, nur müde und ausgelaugt. „Willst du mich denn gar nicht fertigmachen?"

Ich begegnete ihrem Blick und wartete darauf, dass sich bei mir wie so oft das Gefühl einstellte, in einen Spiegel zu sehen. Trotz unserer Ähnlichkeit kam sie mir jetzt allerdings um mehrere Zentimeter kleiner vor. Sie wirkte in sich zusammengesunken, völlig leergeworden durch ihr Geständnis.

„Das hast du schon ganz gut selbst hingekriegt", hörte ich mich sagen, ehe ich mit einem watteartigen Gefühl in den Beinen auf den Ausgang zusteuerte. An der Tür fiel mir noch etwas ein, und ich schaute mich ein letztes Mal nach Katie um. Sie stand immer noch am selben Fleck, einen Rest ihres bitteren Grinsens im Gesicht.

„Weißt du was?“, fragte ich, und die wahnsinnige Erleichterung, die mich dabei durchströmte, brachte mich sogar zum Lächeln. „Von mir aus kannst du die Hauptrolle haben. Wahrscheinlich hast du Recht, und sie passt wirklich nicht zu mir. Dafür tanze ich aber die Anita wie eine Mischung aus Jeanne d'Arc und Jackie Chan *und* einem Jedi-Ritter – und das wird genau richtig, ohne perfekt zu sein.“

16. Kapitel

Frauen stehen auf hübsche Kerle, schon klar.

Und die meisten interessieren sich für Tanz, auch nicht weiter verwunderlich.

Wie viele von ihnen allerdings Lust darauf haben, *nackte* Kerle tanzen zu sehen, begriff ich erst, als ich beim Diamond Club eintraf. Der Anblick verschlug mir den Atem, und das hing nicht nur damit zusammen, dass ich von meinem Dauerlauf hierher außer Puste war. Lebhaft erinnerte ich mich noch daran, wie ich bei meinem ersten Besuch über das elendslange Absperrseil gestaunt hatte, aber nun erkannte ich, dass jeder Zentimeter davon gebraucht wurde. Entlang dieser silberfarbenen Kordel hatte sich eine Schlange gebildet, die doch tatsächlich um zwei Ecken des Gebäudes herumführte. Die wartenden Frauen stammten aus den verschiedensten Altersklassen, von kichernden College-Mädels bis zu aufgedonnerten Mittvierzigerinnen war alles vertreten, doch eines hatten sie gemeinsam: Jede schien vor nervöser Spannung beinahe durchzudrehen. Ich wusste sofort, dass ich den Versuch mich vorzudrängen möglicherweise mit dem Leben bezahlen würde, oder zumindest mit einigen Haarbüscheln. Trotzdem marschierte ich tollkühn an der Menschenreihe vorüber und auf den Eingang zu. Wenn ich mich jetzt hinten anstellte, lagen meine Chancen, heute Abend noch in den Club gelassen zu werden, bei null. Eine solche Masse an Besuchern würde das Gebäude ohne Zweifel sprengen.

Schließlich hatte ich mich bis zu dem Mann durchgekämpft, der dafür Sorge trug, dass genau das nicht passierte: Der Türsteher war komplett schwarz gekleidet und breit wie ein Schrank. Als wäre das nicht schon einschüchternd genug, versteckte er seine Augen hinter einer Brille mit dunklen Gläsern. Was für ein heftiger Kontrast zu den Jungs da drin, die gerade mal ihr bestes Stück verhüllten! So selbstbewusst wie möglich baute ich mich vor ihm auf (in etwa, wie ein Chihuahua eine Dogge konfrontiert), und verkündete mit gespielter Lässigkeit:

„Hey, ich müsste mal schnell zu Liam … Deputy Handsome … Dauert auch nicht lange."

Die Antwort bestand lediglich aus einem Fingerzeig – besser konnte man *Verpiss dich* kaum pantomimisch darstellen. Nichtsdestotrotz schien eine junge Latina aus dem vorderen Teil der Schlange zu glauben, mir Untertitel liefern zu müssen.

„Estás loca?", rief sie mir zu, nicht einmal besonders unfreundlich, und schüttelte ihre wilde Lockenpracht. „Beweg gefälligst deinen Hintern in die letzte Reihe und warte genau wie wir anderen!"

„Aber ich kenne ihn persönlich, ich hab mit ihm trainiert!", beteuerte ich, viel mehr an den Türsteher gewandt als an die selbsternannte Dolmetscherin. Das hinderte sie allerdings nicht daran, sich abermals einzumischen.

„Oh ja, da gibt es auch so einiges, was *ich* gern mit einem Diamond Guy trainieren möchte", schwärmte sie etwas spöttisch. „Wobei ich mir dafür vielleicht eher den heißen Feuerwehrmann aussuchen würde."

„Es ist die Wahrheit, wir haben zusammen ein paar Moves geübt!“

„So nennt man das heutzutage?“

„Und er hat mich dafür bezahlt!“

„Okay, jetzt wird es unglaubwürdig.“

„Das reicht.“ Obwohl der Türsteher mit gedämpfter Stimme sprach, schnitt sein Befehl mühelos durch unser Gezanke. Er hatte einen leichten osteuropäischen Akzent, möglicherweise russisch. „Lady, stellen Sie sich bitte hinten an. Sofort.“

Ich öffnete den Mund und klappte ihn gleich wieder zu. Das hatte doch keinen Zweck. Wenn ich den großen Auftritt verpasste, würde ich mich bestimmt nicht mehr mit Liam versöhnen, und das nur wegen Gandalf auf Anabolika *(„Du! Kommst nicht! Vorbei!“)*. Ich war schon nahe dran zu verzweifeln, als jemand den Kopf durch die neonbeleuchtete Tür streckte. An seinen stechend blauen Augen erkannte ich den Clubbesitzer sofort.

„Bo, alles klar da draußen? Können wir rechtzeitig anfangen? Die Limousine muss jeden Moment da sein …“ Dann bemerkte er mich. „Ist schon okay, lass sie durch“, fügte er gnädig hinzu. Benommen stolperte ich ins Innere des Clubs und stellte fest, dass der Eingangsbereich noch menschenleer war. Es kam mir seltsam vor, dass sich die Frauen draußen die Beine in den Bauch stehen mussten, wenn die Show doch bereits in fünfzehn Minuten begann. Gerade wollte ich danach fragen, als die Tür erneut zuschlug und Mr. Ds Blick an mir vorbeihuschte.

„Vorsicht mit der Axt!", mahnte er scharf. Ich wirbelte herum – so einen Befehl hörte man schließlich nicht alle Tage – und war gleich darauf dankbar für die Warnung. Der Typ, der hinter mir den Club betreten hatte, trug nicht nur wahrhaftig eine Axt bei sich, sondern machte außerdem den Eindruck, als würde er diese auch gerne benutzen.

Mr. D ließ sich davon allerdings nicht einschüchtern. „Glückwunsch, Rick. Du bist der Allerletzte, der hier auftaucht. Wurdest du wieder von einer *Kleinen* aufgehalten?" Sein Tonfall verriet, dass er sich diese Ausrede schon viel zu oft hatte anhören müssen. Da wir schon mal beim Thema „klein" waren: Neben diesem Rick fühlte ich mich wie ein Gartenzwerg. Der bärtige Kerl war nämlich gut und gern zwei Meter groß und hatte Muskeln wie ein Gladiator. Instinktiv wich ich bis zum Garderobentresen zurück, aber die beiden Männer schienen meine Anwesenheit völlig vergessen zu haben.

„Ganz recht", antwortete Rick mit einer Reibeisenstimme. „Aber jetzt bin ich ja da, also kein Grund, einen Aufstand zu machen."

„An deiner Stelle würde ich mich mal zusammenreißen. Vor allem, weil du durch deine Wette mit Liam ohnehin schon den Bogen überspannt hast."

Die stahlgrauen Augen des Hünen verengten sich. „Wer hat dir davon erzählt? Troy? – Na klar. Der kann einfach nie das Maul halten. Wird höchste Zeit, dass jemand aus ihm Dr. *Feeling-Not-So-Good* macht."

„Nicht er ist es, der sich hier schlecht benommen hat", entgegnete Mr. D kühl. „Du kennst die Regel:

Behandle alle Gäste mit der gleichen Hingabe. Und dagegen haben Liam und du verstoßen, indem ihr um Selena Sullivan gewettet habt wie zwei dumme Highschool-Jungs!"

Ich musste mir auf die Zunge beißen, um nicht hörbar nach Luft zu schnappen. Selena Sullivan war also der Gast, dessen Limousine erwartet wurde – dieses *Model?* Und Liam hatte vor, sie heute Abend zu verführen? Bei diesem Gedanken fühlte ich mich, als würde mir ein Eisbeutel in den Magen geschoben.

„Versteh mich nicht falsch, unser Club kann ein bisschen Publicity durchaus gebrauchen", redete Mr. D weiter, und es war ihm anzuhören, wie sehr ihm dieses Zugeständnis gegen den Strich ging. „Das ist auch der Grund, warum ich in diesem Fall ausnahmsweise ein Auge zudrücke. Aber wenn du dir heute noch einen Schnitzer erlaubst, bist du deinen Wikingerhelm los, und ich degradiere dich wieder zum Steinzeitmenschen. Habe ich mich klar ausgedrückt?"

Bevor sein Gegenüber antworten konnte, brach draußen ein schrecklicher Tumult los. Das Kreischen drang locker durch die Tür und rief ein paar bullige Security-Männer auf den Plan, die sich zu beiden Seiten des Flurs positionierten.

Mr. D machte eine herrische Bewegung in Richtung Hauptraum. „Los, Rick, jetzt geh schon rein! Sobald wir Selena und ihre Entourage hier durchgeschleust haben, können wir den Club auch endlich für die übrigen Gäste öffnen. *Gott,* wie ich diese Sternchen hasse." Er griff nach dem Walkie-Talkie an seinem Gürtel, bellte ein paar Befehle und eilte dann wieder ins Freie. Ich blieb wie angewurzelt stehen, während auch der bärtige Hüne davonstampfte. Das war's dann wohl mit meinem bescheuerten Plan, Liam durch meinen Überraschungsbesuch zurückzuerobern. Welche Chance hatte ich schon gegen eine internationale Berühmtheit? Noch dazu, wo sich Liam offenbar längst nicht so sehr um mich scherte, wie ich seit Katies Geständnis naiverweise gehofft hatte. Schön, er hatte nicht vorgehabt, mich mit meiner Freundin zu betrügen. Aber das änderte nichts an der Tatsache, dass Frauen für ihn austauschbar waren. So sah nun mal sein Lebensstil aus, und damit musste ich mich abfinden.

Unter den Blicken der spalierstehenden Securities drehte ich mich zum Ausgang, nicht sicher, ob ich den nun überhaupt noch passieren durfte. Noch ehe ich mich dazu durchgerungen hatte, flog die Tür auch schon mit einem Krachen auf. Was nun in den Flur drängte, war zuerst eine weitere Ladung aufgepumpter Muskeln – als hätte sich hier nicht schon genug Sicherheitspersonal versammelt – und dann alles, was man von den Covern der Hochglanzmagazine kannte: wallende Hollywood-Mähnen. Kleider, deren Pailletten den Bühnenvorhang blass aussehen lassen würden. Winzige Täschchen und riesige Smartphones. Und dazu noch ein geschätztes Kilo Make-up.

Jedes der sieben Mädchen war für sich genommen atemberaubend schön, aber im Vergleich zu Selena Sullivan mit ihren glamourösen roten Locken wirkten die anderen lediglich wie Hofdamen rund um eine Prinzessin. Dabei war nicht einmal sie es, die hier ihren Junggesellinnenabschied feierte, denn über ihrer Brust hing eine Schärpe mit der Aufschrift *Bridesmaid.* Eine ihrer Freundinnen, die – wenn mich nicht alles täuschte – Teilnehmerin an der letzten *Bachelor*-Staffel gewesen war, trug dafür einen winzigen Schleier auf dem blondierten Schopf. Offenbar hatte sie schnell Ersatz gefunden, nachdem ihr vom schmierigen TV-Millionär die Rose verweigert worden war.

„Ist das nicht phänomenal?“, quietschte sie jetzt und hüpfte in ihren High-Heels auf und ab. „Nicht mal Lindsay ist schon in diesem Club gewesen. Wir werden solchen Spaß haben!“ Dann fiel ihr Blick auf mich, die ich immer noch unschlüssig vor der Garderobe stand. „Oh. Was suchst du denn hier?“

Jedenfalls nicht dein Riesenego, das ist ja nicht zu übersehen.

Ohne mir Gelegenheit für eine Erwiderung zu geben, wandte sie sich an den Security-Mann direkt neben ihr: „Es hat doch geheißen, der Einlass hätte offiziell noch gar nicht begonnen!“

Ich machte mich schon darauf gefasst, von dem Gorilla vor die Tür gesetzt zu werden, als Selena auf mich zu trat. Um ihr in die Augen sehen zu können, musste ich allen Ernstes den Kopf in den Nacken legen. „Ist schon gut, ich regle das“, beschwichtigte sie ihre Freundin und strahlte mich an. „Wie heißt du denn?“

„Ähm, Rayne“, stotterte ich wie ein Kind beim Schulreifetest.

„Fabulous.“ Selena fischte eine Karte aus ihrer Clutch und kritzelte etwas darauf, ehe sie mir das Ding in die Hand drückte. „Bitteschön. Ich freue mich, dass wir heute hier gemeinsam feiern werden.“

Damit wandte sie sich um und betrat mit ihren Freundinnen im Schlepptau den Clubraum. Als wäre sie die Katze aus *Alice im Wunderland,* ließ sie allerdings ihr blendend weißes Grinsen zurück. Völlig verdattert glotzte ich das Foto an, auf das sie geschrieben hatte: „Für Rain.“ Darunter war gedruckt zu lesen: „Danke für deinen Support, du bist ein wundervoller Mensch.“

Fabulous.

Es dauerte mehrere Sekunden, bis mir dämmerte, dass Selena Sullivan Unrecht hatte. Ich war kein wundervoller Mensch – jedenfalls nicht, wenn ich jetzt einfach abhaute und die Geschichte mit Liam auf sich beruhen ließ. Dann wäre ich bloß ein eingeschnapptes, feiges Huhn. Und sagte meine Mutter nicht immer: *No guts, no glory*? (Außerdem pflegte sie noch zu sagen: *Auch wenn man den Kopf in den Sand steckt, bleibt der Arsch zu sehen,* aber das gefiel mir irgendwie weniger gut.)

Einmal atmete ich tief durch, dann betrat ich wild entschlossen den Clubraum. Selena und ihre Hochglanzmädels hatten sich inzwischen auf den Stühlen direkt vor der Bühne breitgemacht, sodass sie während der Show Gelegenheit haben würden, den Strippern tief in die Augen zu schauen. Oder sonst wohin. Ich selbst begnügte mich mit einem Tischchen nahe dem Tresen, wo bereits eine hübsche Kellnerin in hochgeschlossener Bluse wartete. Erst auf den zweiten Blick erkannte ich Norah, die ich mal dabei beobachtet hatte, wie sie einen Dollar in Liams Tanga verstaute. Sie zwinkerte mir zu, und ich brachte ein gequältes Lächeln zustande.

Nachdem die Türen auch für Normalsterbliche geöffnet worden waren, füllte sich der Club binnen weniger Minuten. Ich bemerkte die enttäuschten Gesichter der Frauen, die nur Plätze weit hinten erwischt hatten, aber diese Missstimmung war nicht von langer Dauer. Kaum erschien Mr. D in einem schicken silbergrauen Hemd und Anzughosen auf der Bühne, verklärten sich auch die Mienen jener Frauen, die in der letzten Reihe sitzen mussten.

Der Clubbesitzer hob ein Mikrofon an seine Lippen, und sofort wurde es totenstill. „Ladiiiies and … ja, vielen Dank, dass ihr eure Männer zu Hause gelassen habt."

Verhaltenes Gelächter im Publikum. Meine Sitznachbarin packte die Hand ihrer Freundin und quetschte sie aus lauter Vorfreude zusammen.

„Willkommen zur Sparkling Night, die euch noch auf mehrere Nächte im Voraus den Schlaf rauben wird! Die heutigen Acts werden sogar noch spektakulärer – gewagter – *heißer* als alles, was ihr sonst von uns zu sehen bekommt. Bevor wir allerdings beginnen, möchte ich euch eine äußerst wichtige Person vorstellen", verkündete Mr. D, und ich verdrehte die Augen. Von wegen *Behandle alle Gäste mit der glei-*

chen Hingabe. Zu meiner Überraschung (und wohl auch zu der von Selena, die sich bereits halb von ihrem Stuhl erhoben hatte), deutete der Clubbesitzer allerdings zum DJ-Pult hinüber.

„Ich präsentiere euch den Mann an den Turntables: Miles *All Styles* Dumont! Er ist in sämtlichen Musikgenres bewandert und wird dafür Sorge tragen, dass dieser Abend nicht nur ein Augenschmaus wird."

Von meinem Platz aus konnte ich den DJ nicht so gut sehen, aber ich erkannte zumindest eine stämmige Figur, wirre Haare und ein extrabreites Grinsen. Als Reaktion auf Mr. Ds Ankündigung startete er eine peppige Version von *Diamonds Are a Girl's Best Friends* und schunkelte dazu, bis der Clubbesitzer eine beschwichtigende Geste machte.

„Okay, alles klar. In diesem Punkt muss ich dir jetzt widersprechen, Buddy. Wir haben durchaus noch was anderes auf Lager als Funkelsteinchen, um die Ladies zu verführen … wobei es ebenfalls ziemlich hart ist." Laszív hatte er eine Hand an seinem Körper hinunterwandern lassen, und das Publikum verfiel in kollektive Schnappatmung. Anstatt sich allerdings tatsächlich in den Schritt zu fassen, klopfte Mr. D nur grinsend auf das Sixpack, das sich bestimmt unter seinem Hemd verbarg. Die Folge war ein leicht hysterisches Kichern von allen Seiten. Sieh an – auf der Bühne verwandelte sich dieser strenge Boss ja in einen richtigen Entertainer. Theatralisch breitete er nun einen Arm aus, während er mit erhobener Stimme ins Mikrofon rief: „Aber ich will euch nicht länger auf die Folter spannen. Hiermit präsentiere ich euch Alex *Special Agent Saxon* und Sebastian *The Artist* – zwei Vertreter unserer legendären Diamond Guys von Miami Beeeeeeeach!“

Der Glitzervorhang schwang zur Seite, und ich wurde von mehreren Scheinwerfern geblendet, die plötzlich aufflammten. Das langsame Intro von Adeles Song *Skyfall* gab meinen Augen gerade genug Zeit, um sich an das Licht zu gewöhnen. Dann betraten zu den dramatischen Klängen zwei junge Männer die Bühne.

Sie hatten beide braune Haare und waren schlanker als die muskelbepackten Diamond Guys, die ich bisher zu Gesicht bekommen hatte, aber damit hörte die Ähnlichkeit auch schon auf. Während der sonnengebräunte Alex eine freundliche, offene Ausstrahlung hatte, wirkte der blasse Sebastian eher scheu und geheimnisvoll. Anders als sein Kollege kam er bereits halbnackt auf die Bühne, sodass man jede Bewegung seines Oberkörpers gut mitverfolgen konnte. Und *wie* er diesen Körper bewegte! Die beiden führten eine kleine Szene auf, in der Alex einen Agenten à la James Bond mimte und Sebastian wohl einen Bösewicht darstellen sollte. Nach einer kurzen Kampfszene, in der Alex ganz zufällig sein Sakko verlor und auch noch sein Hemd zerriss (wirklich nicht übel, Mr. Saxon!) wurde Sebastian mithilfe mehrerer Seile und Ketten unschädlich gemacht. Jedenfalls wirkte es so, bis er sich mitten auf der Bühne zu winden begann wie eine Viper und seine Entfesselungskünste unter Beweis stellte. Dass ihn die Frauen aus der ersten Reihe dabei schamlos betatschten, schien ihn nicht im Geringsten zu stören. Ich schluckte trocken und richtete mich auf, um besser über Selenas flammendrote Mähne und all die anderen perfekten Frisuren neben ihr hinwegsehen zu können. Allmählich kam mir die Menschenschlange, die ich vor dem Club bestaunt hatte, gar nicht mehr so abwegig vor …

Nachdem die beiden Diamond Guys in ihren gut gefüllten Shorts von der Bühne gegangen waren (nein, nicht *so* – das heißt, *auch,* aber ich meinte mit Geldscheinen), gab es eine weitere reißerische Ankündigung durch Mr. D. Diesmal waren die Reaktionen jedoch völlig anders: So wie im Zirkus, wenn die Zuschauer schon beim Auftritt des Clowns zu kichern beginnen, wurde die Stimmung von einer Sekunde auf die andere gelöster. Wer nun auf die Bühne stolzierte, mit einer etwas vulgär geformten Spritze und seinem geliebten Stethoskop, war nämlich niemand anderer als Dr. Feelgood. Ich entspannte mich ein wenig, während er die ehemalige *Bachelor*-Kandidatin abhorchte und sich dabei nach und nach bis auf einen lilafarbenen Tanga entblätterte. Sobald er hinter dem Vorhang verschwunden war, erwachte aber sofort wieder das nervöse Ziehen in meinem Bauch. Vielleicht hatte ich dank meiner jahrelangen Bühnenerfahrung eine Art Sensor dafür entwickelt, wie eine Show üblicherweise aufgebaut war – dass auf eine erheiternde Nummer wie die von Troy etwas völlig Gegensätzliches folgen musste.

Etwas, das deutlich verruchter wirkte und … ein kleines bisschen gefährlich.

Meine dunkle Ahnung wurde prompt bestätigt, als wieder Mr. D nach vorne trat. Das Scheinwerferlicht war inzwischen stark reduziert worden, aber auch im Halbdunkel konnte ich sehen, dass er ein Spielzeug-Handy mit übergroßen Tasten in einer Hand hielt. So eines, mit dem Kinder lernen, den Notruf zu wählen.

„Ladies", begann er mit ernster Stimme, „soeben habe ich Mitteilung erhalten, dass sich eine von euch in einer misslichen Lage befindet. Anscheinend hat sie es ganz dringend nötig … von jemandem gerettet zu werden."

„Na endlich!", kreischte jemand im Publikum, und einen irren Moment lang bildete ich mir ein, die Stimme von Rachels Großtante Ruthie zu erkennen. Aber das konnte ja wohl nur ein Produkt meiner überreizten Fantasie sein.

„Glücklicherweise kenne ich da einen Mann, der im Befreien jede Menge Erfahrung hat", fuhr Mr. D genüsslich fort. Er hielt das Telefon so in die Höhe, dass wir alle mitverfolgen konnten, wie er 9-1-1 wählte. Danach hob er es in Zeitlupentempo zu seinem Ohr … und schlagartig gingen alle Lichter aus.

Mit angehaltenem Atem saßen wir im Stockfinstern. Die Zeit schien mehrere Herzschläge lang stillzustehen. Schließlich sprang ein einzelner Scheinwerfer an, tauchte die Bühne in gleißendes Blau, wurde wieder finster und erstrahlte dann erneut. Dieses flackernde Polizeilicht offenbarte, dass Mr. D von der

Bühne verschwunden war. An seiner Stelle stand nun eine finstere Gestalt, deutlich größer und breiter und mit gesenktem Kopf.

Als die Musik einsetzte und Liam mit Popping-Moves seine Kappe zurückschob, wurde eine altmodische Pilotenbrille sichtbar. Dieses Element seiner Uniform war mir neu, genau wie die Handschellen an seinem Gürtel, und beides wirkte wie das Tüpfelchen auf dem i: Er machte ihn auf seltsame Weise ebenso verführerisch wie unnahbar. Die Frauen im Publikum hatten sich nun von ihrer Überraschung erholt und gaben deutlich zu verstehen, dass sich jede von ihnen nur zu gerne von Deputy Handsome würde retten lassen. Oder festnehmen, je nachdem.

Während die ersten Geldscheine auf die Bühne flatterten (ein Großteil stammte natürlich von den Hochglanzmädels), leistete ich mir blitzschnell selbst einen Eid. Es war gut, dass ich hierhergekommen war, aber deshalb durfte ich mir noch lange kein Wunder erwarten. Wenn Liam meine Anwesenheit unangenehm war, würde ich ihm nicht seinen großen Abend verderben. Dann würde ich akzeptieren, dass ich es ein für alle Mal verbockt hatte, und Selena das Feld räumen.

Bei dieser Vorstellung fühlte ich mich gleich noch viel elender, aber ich hielt mich so gut wie möglich aufrecht. Ehrlich gesagt war es auch schwer, den Blick von Liam zu lösen. Er war nun beim aggressiven Toprocking angelangt, und sein zuckender, rotierender Körper im Blaulicht übte eine hypnotische

Wirkung aus – selbst auf mich, obwohl ich die Choreografie schon unzählige Male gesehen hatte. Während seines Schaukampfes bewegte er sich nach und nach von der Bühne bis ins Publikum, wo sich ihm aufgeregt fuchtelnde Hände entgegenstreckten. Ich bekam gar nicht mit, wer ihn von seiner Munitionsjacke befreite, aber sein entblößter Oberkörper wurde mit begeistertem Quietschen begrüßt. Nun streifte er sich auch die Pilotenbrille von der Nase, steckte sie einem entzückten Mädchen in den Ausschnitt, richtete sich wieder auf …

… und sein Blick traf direkt auf meinen. Im Bruchteil einer Sekunde begriff ich, dass die Brille nicht bloß ein aufreizendes Accessoire sein sollte. Sie diente vielmehr dazu, die dunklen Ringe zu verstecken, die Liams Augen umgaben. Er machte nicht den Eindruck, als hätte er in den letzten Nächten besser geschlafen als ich – oder als wäre er besonders froh darüber, mich zu sehen.

Oh Gott, hierherzukommen war die schlechteste Idee des Jahres gewesen.

Jetzt drehte Liam auch noch den Kopf zum Ausgang, wo ich ein paar Security-Männer vermutete, bevor er in meine Richtung zu marschieren begann.

Schlechteste Idee des Jahrhunderts! Des Jahrtausends!

Meine Knie zuckten, und ehe ich es ganz realisierte, stand ich kerzengerade da. Die anderen Frauen mussten denken, dass ich vor lauter Begeisterung über Liams Näherkommen ausflippte. Im Gegensatz zu mir erkannten sie offenbar nicht den mörderischen Ausdruck in seinen Augen.

Als Liam mich erreicht hatte, senkte er ein wenig den Kopf, um die Musik mit seiner geknurrten Frage zu übertönen: „Was zur Hölle soll das werden?"

Okay, jetzt gab es keinen Zweifel mehr: Er freute sich nicht, mich zu sehen. Kein bisschen. Wenn sich jetzt bitte ein Loch im Boden auftun würde …

Hilflos trat ich von einem Fuß auf den anderen, was Liam dazu bewog, die Brauen noch finsterer zusammenzuziehen. Sein Blick spießte mich förmlich auf. „Ganz ehrlich, was treibst du da?!"

Wie von selbst machten meine Beine einen winzigen Schritt auf ihn zu. „Liam, es tut …"

Er wich vor mir zurück. „Nein, hör auf. Setz dich einfach wieder hin."

„Aber ich …"

„Setz dich hin, verdammt!"

Der peitschende Befehl warf mich geradezu nach hinten. Unsanft plumpste ich auf meinen Stuhl und wäre am liebsten auch noch durch die Lehne gekrochen, als sich Liam drohend über mich beugte. Seine Hände schlossen sich zu beiden Seiten meiner Oberschenkel um die Sitzfläche. Ich bildete mir ein, gleich ohnmächtig zu werden, weil mein Blickfeld zu schaukeln begann. Erst eine gefühlte Ewigkeit später sickerte die Erkenntnis zu mir durch, woran das eigentlich lag: Liam hatte meinen Stuhl angehoben und stemmte ihn jetzt inklusive meiner Wenigkeit in die Luft.

Das Publikum schien zu explodieren. Sein Klatschen und Trampeln vermischte sich mit dem irren Pochen meines Herzens, während ich auf Liam hinunterstarrte, mein Gesicht ganz nah an seinem. Die abertausend Glühbirnen an den Wänden spiegelten sich in seinen Augen.

„Wie sollte ich das denn hinkriegen, wenn du einfach nur in der Gegend herumstehst?“, fragte er, dann kippte die Welt aus den Angeln. Ohne auch nur mit der Wimper zu zucken, hatte Liam den Stuhl losgelassen, er landete krachend hinter mir auf dem Boden und ich selbst in zwei starken Armen.

Gerne hätte ich dieses Manöver mit einem lässigen Schmunzeln ertragen, aber leider gelang mir das nicht so ganz. Also, eigentlich noch weniger. Genau genommen kreischte ich mir die Seele aus dem Leib.

„Ich hab deine Stimme vermisst!“, spottete Liam, während er mich fest an seine Brust drückte. „Und dabei dachte ich, du wärst stolz auf meine Eigeninitiative, Coach! Das mit dem Stuhl musste ich ja ganz alleine lernen. Aber ich glaube, nach diesem Schrei sollte ich mich lieber davon überzeugen, dass mit dir alles okay ist.“

Ach du Schande! Ich wusste genau, was das zu bedeuten hatte. „Wag es ja nicht“, keuchte ich und versuchte ein bisschen zu strampeln, aber Liam war ein absoluter Profi. Mit einem geübten Griff hielt er mich in Position, während er wieder auf die Bühne marschierte. Dort angekommen lud er mich unter dem Gejohle des Publikums ab wie einen nassen Sack. Ich lag ausgestreckt auf dem Rücken und widmete mich der Frage, ob man zugleich erregt und beschämt und zum Lachen aufgelegt sein konnte …? Liam, der in Missionarsstellung wellenförmige Bewegungen über mir vollführte, lieferte dazu eine klare Antwort: Ja, man konnte, und wahnsinnig glücklich noch dazu.

„Ich würde dich jetzt gerne abmurksen, weißt du das?", rief ich über die Musik hinweg, als Deputy Handsome endlich mal damit aufhörte, eine nicht jugendfreie Version von Scharade mit mir zu spielen.

„Aber?"

„Bin zu dem Schluss gekommen, dass es viel zu schade um dich wäre!"

Ich war mir nicht sicher, was genau Liam an meinen Worten als Herausforderung verstand. Jedenfalls nahm sein Gesicht im Scheinwerferlicht plötzlich einen Ausdruck an, den ich nur sehr schwer deuten konnte. Gleich darauf hatte er mich auch schon an der Taille gepackt und wieder in seine Arme gezogen. Begleitet vom ohrenbetäubenden Applaus der Zuschauerinnen – die mich zum Großteil sicher verabscheuten – trug er mich einfach so von der Bühne. Der Vorhang streifte mich beim Zurückschwingen mit einem Luftzug, dann spürte ich die Erschütterung, als Liam die vier Stufen zum Backstage-Bereich hinuntersprang. Erst nachdem er mich auch noch durch die eiserne Tür bugsiert hatte, entließ er mich aus seinem Griff. Ich kam unsicher auf die Beine, überzeugte mich hastig davon, dass der Flur menschenleer war, und dann sprudelte es aus mir hervor:

„Das mit Katie war ein schreckliches Missverständnis, ich dachte echt, das wäre alles von dir ausgegangen und … und es tut mir leid, dass ich so eine dämliche ..."

Das letzte Wort blieb mir in der Kehle stecken, als ich unvermittelt Liams Hand an meiner Wange spürte. Wäre das hier einer von Katies Lieblingsfilmen, hätte er mir wohl einen Finger über die Lippen gelegt und irgendeinen zärtlichen Spruch losgelassen. Aber Liam war kein Schwarz-Weiß-Gentleman – zum Glück.

„Jetzt halt mal die Luft an, Rayne. Das weiß ich doch alles. Ich hab es schon in der Sekunde kapiert, als ich dich im Publikum entdeckt habe."

„Aber …" Ich versuchte wirklich die Luft anzuhalten, doch leider platzte das Folgende einfach aus mir heraus. „Mr. D hat mir erzählt, dass du für heute Pläne mit Selena hast. Wahrscheinlich solltest du jetzt wieder auf die Bühne gehen, wenn du nicht willst, dass dieser Rick sie dir wegschnappt."

Stöhnend lehnte Liam den Kopf zurück. „Herrgott, Coach, das hast du vollkommen falsch verstanden! Bei der Wette ging es einzig und allein darum, wer von uns beiden es schaffen würde, Selena ins Scheinwerferlicht zu locken und dann um sie herumzutanzen wie um jede andere Besucherin auch. Aber das ist doch jetzt wirklich scheißegal."

Es war, als hätte mir jemand einen zentnerschweren Rucksack von den Schultern genommen. Langsam atmete ich aus, während ich Liams Worte verarbeitete. „Scheißegal?", wiederholte ich dann noch etwas zögernd. „Für mich klingt das nach einer ziemlichen Herausforderung, die schönste Frau im ganzen Club auf die Bühne zu holen."

„Und nichts anderes hab ich getan", sagte Liam mit solcher Zufriedenheit, dass es fast mehr nach einem Kompliment für sich selbst klang als für mich. Und auf jeden Fall so, als meinte er das ernst. Vermutlich streikte mein Hirn deshalb einen Moment lang vor lauter Glück und hinderte mich nicht an dem Ausspruch: „Ein Verliebter betrachtet eine Blume mit anderen Augen als ein Kamel."

Liam nickte feierlich. „Ja. Genau das wollte ich auch sagen." Er verstärkte den Druck seiner Hand, zog mich noch etwas näher an sich heran – und begann direkt vor meinem Gesicht zu lachen. „Sorry, aber ich hab keine Ahnung, was das bedeutet. Entweder, du hast mich gerade als Kamel bezeichnet, oder …"

Sein Blick flackerte nach unten, als ich mir auf die Lippe biss. Gleichzeitig stieg mir das Blut kribbelnd in die Wangen. Verflucht seien meine Mutter und ihr Kalenderspruchfetisch! Anstatt jedoch eine spöttische Bemerkung hinterherzuschicken, überwand Liam auch noch die letzten Zentimeter zwischen uns. Sein Mund streifte über meinen, zuerst nur ganz sacht, ehe er auf effektive Art dafür sorgte, dass mir keine Weisheiten mehr entschlüpfen konnten.

Und zwar minutenlang.

Als mein Zeitgefühl schließlich wieder zurückkehrte, stemmte ich die Hände gegen Liams Brust und machte einen zittrigen Atemzug. Immer noch reichlich benebelt brachte ich hervor: „Sag mal, was passiert normalerweise mit den Frauen, die ihr hinter die Bühne verschleppt?“

„Wir begleiten sie noch vor der nächsten Nummer zurück ins Publikum“, flüsterte Liam warm an meiner Haut. „Niemand darf sich im Flur aufhalten, während alle anderen mit der Show beschäftigt sind – eigentlich.“

„Und uneigentlich?“

Rückblickend frage ich mich schon, wieso ich es nicht besser wusste. Schließlich kannte ich dieses ganz spezielle Lächeln inzwischen gut genug. Trotzdem war ich so naiv, es zuzulassen, dass Liam mir die Handgelenke hinter dem Rücken zusammenlegte.

„Du hast das Recht zu schweigen“, murmelte er, und seine Finger hakten sich von hinten in den Saum meines T-Shirts. „Ob du es schaffen wirst, ist eine andere Frage.“

Dann hörte ich die Handschellen klicken.

Liebe Leserin, lieber Leser!

Ich hoffe, dass Liam Ihnen schöne Stunden bereiten konnte, und würde mich sehr über eine Amazon-Rezension freuen!

Wenn Sie mehr von den Diamond Guys erfahren möchten, besuchen Sie die Jungs doch auf Facebook: www.facebook.com/TheDiamondGuysSeries.

Hier halte ich Sie über die Serie auf dem Laufenden – und liefere jede Menge „visuelle Unterstützung" für die Bilder im Kopf ;)

Alles Liebe!
Jade McQueen

PS: Weiter geht es mit …

The Diamond Guys

Finn

Sarah Harper hat alles: Geld, gutes Aussehen und bald auch noch einen Ring am Finger von Hugh Hamilton, einem der begehrtesten Junggesellen von Miami Beach.

Als ihre Freundinnen sie zwei Wochen vor der Hochzeit auf ihrem Junggesellinnenabschied in den Diamond Club entführen und sie dort Fynn kennenlernt, lässt sie sich zu einer folgenschweren Nacht hinreißen. Ein gefährliches Spiel mit dem Feuer beginnt. Denn Hugh Hamilton ist kein Mann, der sich etwas wegnehmen lässt …

Leseprobe

Fynn Reynolds lehnte sich auf die Brüstung und schaute aufs Meer hinaus. Die Sonne hatte sich bereits hinter den Horizont verzogen und war nur noch als orangefarbenes Glühen zu sehen. Auch der ansteigende Geräuschpegel auf den Straßen zeigte, dass bald die Nacht hereinbrechen würde.

Seufzend warf Fynn einen Blick auf die Uhr. Er musste zur Arbeit, aber zuvor wollte er noch ein paar Minuten diese unglaubliche Aussicht genießen. Eine Aussicht, die auch nach zwei Jahren in Miami Beach nichts von ihrer Faszination auf ihn verloren hatte. In Hialeah hatte er in einem grauen Vorort gelebt, wo streunende Hunde, Obdachlose und Kinder gleichermaßen in den Mülltonnen vor den heruntergekommenen Häusern wühlten und die Zimmer der Motels häufig nach Stunden bezahlt wurden. Der Kontrast zu Miami Beach konnte kaum größer sein. Hier war alles bunt: die Fassaden, die Blumen auf den Balkonen und in den Gärten und all die schrägen Vögel, die die Straßen und die Strandpromenade bevölkerten. Nur widerwillig drehte Fynn sich um und ging zurück in die Wohnung.

Sein bester Kumpel Liam, mit dem er sich das Apartment teilte, war schon vor zwei Stunden mit ein paar Kollegen aufgebrochen, um durch die Bars am Ocean Drive zu ziehen und den Ladies Eintrittskarten für ihre Bühnenshow in die Hand zu drücken. Fynn mochte diesen Teil seines Jobs nicht besonders, denn im Gegensatz zu den meisten anderen Jungs der Truppe fiel es ihm nicht leicht, Frauen einfach so anzusprechen. Seltsam, wenn man bedachte, dass er überhaupt kein Problem damit hatte, sich vor ihnen auszuziehen.

Fynn griff nach dem Haustürschlüssel und verließ das Apartment. Im Aufzug begegnete ihm Mrs. Higgins, eine uralte Frau, die wie immer von einem Rudel winziger Hunde umgeben war.

„Na, Fynn. Auf dem Weg zur Arbeit?"

„Wie jeden Abend, Mrs. Higgins."

Ein kummervoller Ausdruck huschte über ihr runzliges Apfelgesicht. „Ach, Fynn, wann lernst du endlich etwas Ordentliches? Du wirst dir wegen dieser liederlichen Tätigkeit noch deinen verdienten Platz im Himmel verbauen."

„In einem halben Jahr habe ich genug Geld fürs College zusammengespart. Und dann strippe ich nur noch für Sie. Versprochen." Fynn grinste Mrs. Higgins frech an, und sie klatschte ihm gespielt empört eine ihrer Hundeleinen auf den Arm.

„Dass du dich nicht schämst, eine alte Frau wie mich in Verlegenheit zu bringen." Aber das fröhliches Funkeln in ihren Augen zeigte deutlich, wie sehr sie diese Wortgefechte mit ihm genoss.

Unten angekommen verabschiedete sich Fynn von ihr, sie schlug den Weg zum Strand ein, und er machte sich auf zum nahen *Diamond Club*, in dem sein Kumpel Liam und er neben sieben weiteren Diamond Guys jeden Abend ihre Tanz-Acts aufführten. Mittlerweile war es fast ganz dunkel geworden, und an den Fassaden der Art-Déco-Häuser am Ocean

Drive flammten bunten Neonröhren auf. Während Fynn darauf wartete, dass die Ampel an der Kreuzung Ecke Third Street auf Grün sprang, hielt ein pinkfarbener Cadillac neben ihm am Straßenrand.

„Angeblich hat die Karre früher Elvis gehört", vernahm er eine ihm wohlbekannte Stimme. Fynn drehte sich um. Liams Freundin Rayne stand, mit Baggy Pants und einem roten Shirt bekleidet, vor ihm und lächelte ihn an. „Hey, du!" Sie küsste ihn auf die Wange.

„Woher weißt du das mit dem Wagen?", fragte er und erwiderte ihre Umarmung.

„Man merkt, dass du keine Tageszeitung liest. Zumindest nicht den Klatschteil. Der Cadillac gehört Ernie Hamilton, und der Kerl hinter dem Steuer ist sein Sohn Hugh." Sie zeigte mit dem Kinn auf den blonden Mann im engen schwarzen Hemd.

Der Name Hugh sagte Fynn nichts, wohl aber der seines Alten. Ernie Hamilton war ein milliardenschwerer Medienmogul, dem mehrere Clubs und Hotels in Miami Beach gehörten. Neugierig trat Fynn einen Schritt näher an den Wagen heran. Neben Hamilton-Junior saß eine junge Frau von vielleicht Mitte zwanzig mit taillenlangen blonden Haaren.

Hugh Hamilton legte besitzergreifend eine Hand in ihren Nacken. „Denk dran, dass wir morgen mit meinen Eltern im Golf-Club zum Mittagessen verabredet sind, Sarah."

„Habe ich so etwas schon jemals vergessen? Außerdem wird es nicht spät werden. Roselyn, Lupita und ich wollen nur ein oder zwei Cocktails trinken."

Die junge Frau namens Sarah öffnete die Autotür. Ellenlange Beine in High Heels erschienen auf dem Gehsteig, ein schlanker Körper im bunten Sommerkleid folgte. Doch bevor Fynn einen Blick auf ihr Gesicht erhaschen konnte, zog ihr Freund sie noch einmal an sich und küsste sie gierig. Fynn wandte den Kopf ab.

„Bist du auch auf dem Weg zum Club?", erkundigte er sich bei Rayne.

„Ich muss doch schauen, ob sich das harte Training bei *Deputy Handsome* ausgezeichnet hat." Sie lächelte Fynn vergnügt an. Rayne und Liam waren erst seit kurzem zusammen. Sie hatten sich kennengelernt, weil Liam mit seinem verhassten Kollegen Rick gewettet hatte, wer von ihnen es schaffen würde, während einer Show It-Girl Selena Sullivan auf die Bühne zu holen. Und Rayne, eine professionelle Streetdancerin, sollte Liam helfen, eine Choreografie dafür auszuarbeiten. Die Wette hatte Liam nicht gewonnen, dafür aber Raynes Herz. Und auch Fynns bester Freund, der jahrelang nichts hatte anbrennen lassen, schien es dieses Mal wirklich ernst zu meinen.

Die Fußgängerampel schaltete zum zweiten Mal auf Grün.

„Jetzt gehen wir aber wirklich weiter. Auch wenn die Aussicht hier an der Kreuzung bestimmt sehr inspirierend ist", neckte Rayne Fynn und griff nach seiner Hand.

Auch die Blondine hatte sich nun endlich von ihrem Freund gelöst und überquerte den palmengesäumten Ocean Drive. Eine ganze Zeitlang sah es aus, als ob sie alle den gleichen Weg hätten. Sarah bog sogar in dieselbe Seitenstraße wie Fynn und Rayne ein. Erst vor der Bar *Paradise Lost* blieb sie stehen. Sechs junge Frauen standen davor. Eine üppig gebaute Latina löste sich von der Gruppe und kam auf sie zu.

„Überraschung!“, schrie sie, und wie auf Kommando stürzten sich die anderen Mädels ebenfalls auf ihre Freundin.

Rayne kicherte. „Bei einem einzigen Cocktail wird es für Hugh Hamiltons Freundin heute Nacht mit Sicherheit nicht bleiben“, sagte sie trocken, und auch Fynn konnte sich ein Grinsen nicht verkneifen.

Die junge Frau sah sich suchend um, als überlegte sie, in welche Richtung sie am ehesten entfliehen könnte. Dabei blieb ihr Blick an Fynn hängen. Aufgrund ihres geschniegelten und gegelten Partners hatte er sie für eine dieser typischen Blondinen gehalten, auf die man in Miami so häufig traf: rundes Kindergesicht, Schmollmund, leicht aufgeworfene Stupsnase. Doch das Gesicht, das ihm entgegenschaute, war schmal, mit hohen Wangenknochen, einer geraden, länglichen Nase und mandelförmigen hellgrauen Augen. Sie lächelte Fynn kurz an und entblößte dabei eine Reihe perfekter Zähne. Dann wandte sie sich wieder an ihre Freundinnen. „Ihr seid verrückt. Was macht ihr denn alle hier?“

„Na, was wohl? Wir wollen mit dir feiern“, hörte Fynn eines der Mädchen rufen, ehe Rayne ihn weiterzog.

Obwohl der Club erst in einer halben Stunde öffnen würde, wartete bereits eine stattliche Schlange vor dem einstöckigen Gebäude, über dessen Eingangsbereich der funkelnde Schriftzug *Diamond Club — For Ladies Only* prangte. Fynn grüßte den Türsteher mit einem Nicken, bevor er mit Rayne durch einen dämmrigen Flur ging, an dessen Ende er von gedämpftem blauen Licht empfangen wurde.

Die Vorbereitungen für die Show waren bereits in vollem Gange: Miles, der DJ, stand hinter seinem Mischpult, zwei Kellnerinnen füllten die Getränkevorräte der halbkreisförmigen Bar auf, und auf der Bühne probten Liam und fünf andere Diamond Guys in schwarzen Hosen, weißen Hemden und mit Fliege noch einmal ihren neuen Tanz-Act zu *I feel good* von James Brown.

And I feel nice, like sugar and spice,
like sugar and spice. So nice, so nice, I got you.

Bei den letzten Worten vollführten die jungen Männer eine schnelle Drehung, bei der sie sich mit einer einzigen Bewegung die Hemden vom Leib rissen.

„Liam ist richtig gut geworden", bemerkte Fynn anerkennend.

„Sag ihm das bloß nicht. Sein Ego muss kleingehalten werden, sonst denkt er wieder, dass er eure Gäste allein mit seinem knackigen Arsch beeindrucken kann. Er hat nun einmal nicht deine Begabung." Rayne zwinkerte ihm zu, und Fynn spürte, wie er rot wurde. Er mochte Rayne, aber ihre unverblümte Art verunsicherte ihn. Außerdem besaß er nicht Liams

Selbstbewusstsein. Im Gegensatz zu seinem besten Freund zweifelte er stets daran, ob die Komplimente, die er bekam, ernst gemeint waren. Dabei wusste Fynn, dass er gut tanzte. Doch dies schob er eher seinem jahrelangen Trainingsfleiß als wirklichem Talent zu. Schon als Dreizehnjähriger hatte er im Wohnzimmer vor dem Fernseher gestanden und versucht, die Hip-Hop-Moves von Jay Z und Co zu imitieren, während seine Kumpels zum Basketballplatz losgezogen waren. Dabei spielte Fynn gerne Basketball, aber Tanzen … das mochte er noch lieber. Damals war er von seinen Freunden deswegen häufig verarscht worden, aber ein paar Jahre später sah die Sache ganz anders aus. In den Clubs konnte man die Frauen nicht mit Airballs, Crossovers und Dunkings beeindrucken, sehr wohl jedoch damit, wenn man es verstand, seinen Körper zu heißen Beats zu bewegen. Und in einem dieser Clubs hatte ihn Mr. D vor vier Jahren entdeckt und ihn davon überzeugt, dass Fynn mit dem Tanzen mehr Geld verdienen konnte als mit dem Reparieren von Autos. Zumindest, wenn er bereit war, sich dabei auszuziehen.

Während Rayne sich an der Bar eine Cola bestellte, betrat Fynn durch eine Seitentür den hinteren Bereich des Clubs, der für Gäste unzugänglich war und in dem sich Mr. Ds Büro, Duschen und der Umkleideraum der Jungs befanden.

Mr. D saß trotz des baldigen Showbeginns noch mit gefurchter Stirn an seinem Schreibtisch und arbeitete. Fynn versuchte, sich unauffällig an der offenen Tür vorbeizuschleichen, aber natürlich gelang es ihm nicht.

„Fynn!“, hörte er eine scharfe Stimme in seinem Rücken.

Verdammt! Er drehte er sich um. „Was gibt´s, Boss?“

„Du bist zu spät.“

Fynn schielte auf seine Armbanduhr. Ja, zwei Minuten. Aber es nützte nichts, dem Mann mit dem stechenden Blick diese Kleinlichkeit vor Augen zu halten.

„Tut mir leid, Boss, wird nicht wieder vorkommen“, sagte er artig. Er konnte es sich nicht leisten, seinen Chef gegen sich aufzubringen. Anders als die meisten Jungs der Truppe hatte Fynn ein Ziel: Er wollte nicht auf ewig strippen, sondern das College nachmachen und Arzt werden. Dieses Ziel war mit der Menge an Dollars, die ihm die Ladies jeden Abend zusteckten, bereits in greifbare Nähe gerückt, und er würde den Teufel tun, das aufs Spiel zu setzen. Außerdem ließ Fynn auf seinen Chef nichts kommen. Erstens würde er ohne ihn immer noch im Dreck von Hialeah sitzen, tagsüber auf in der Autowerkstatt arbeiten und seine Abendstunden damit verbringen, mit seinen Kumpels Bier zu trinken und Karten zu spielen. Und zweitens mochte Mr. D vielleicht ein Arschloch sein, aber durch seine Regeln herrschte Ordnung bei den Diamond Guys. Denn jeder wusste, dass er rausgeworfen wurde, wenn er sich nicht daran hielt, und dass das schöne Leben schneller ein Ende hätte, als einem lieb war.

„Schon gut! Schau, dass du dich umziehst“, brummte Mr. D und wandte sich wieder seinen Papieren zu.

Im Umkleideraum stieß Fynn auf Angelo, der bereits sein Bühnenoutfit trug und vor seinem Schminkspiegel saß – und auf Rick, *The Viking,* der an einem der Waschbecken stand und sich die Brust enthaarte. Fynn betrachtete ihn angewidert. Warum konnte der Kerl das nicht wie alle anderen zu Hause machen? Aber er kannte die Antwort längst: weil Rick den krassesten Körper von ihnen allen besaß und keine Gelegenheit ausließ, ihn in Szene zu setzen. Weder auf der Bühne noch vor seinen Kollegen.

„Was glotzt du so?“, blaffte Rick Fynn an. „Bist du unter die Schwulen gegangen?“

„Bedauerlicherweise bleiben solche Zuckerschnitten wie Fynn Männern wie dir und mir ja leider verwehrt.“ Angelo zwinkerte Fynn zu.

„Willst du damit etwa andeuten …?“ Ricks heller Teint verfärbte sich.

„Nun, eine Frau habe ich noch nie in deiner Nähe gesehen“, erwiderte Angelo ungerührt.

Der Hüne presste Ober- und Unterkiefer für einen Augenblick fest zusammen und setze dann zu einer Erwiderung an.

„Reg dich ab, Viking“, ging Fynn dazwischen. „Der Kleine hat nur einen Scherz gemacht.“ Rick war heute Abend anscheinend mal wieder auf Konfrontation aus, und auf weiteren Ärger konnte Fynn nach dem Rüffel seines Bosses dankend verzichten.

„Natürlich, Schätzelein. Niemand ist so hetero wie du“, beschwichtigte ihn nun auch Angelo, und zu

Fynn gewandt fügte er leise hinzu: „Mein Gott, der hat heute aber auch wieder eine Laune." Angelo fuhr fort, sich den grünen Eyeliner von den Augen zu wischen. Da er sich in seiner Freizeit gerne als Frau verkleidete, musste er sich vor den Shows häufig abschminken. „Gut, wenn der gleich raus kann und sein Testosteron verteilen darf." Sein Blick glitt an Fynns verschwitztem Rippshirt hinab. „Du solltest übrigens vorher noch einmal duschen, Herzchen. Bist du zum Club gejoggt, oder haben dich die Frauen auf dem Ocean Drive zum Transpirieren gebracht?"

Fynns Gedanken flogen für einen Moment zu der Blondine mit dem hübschen Lächeln, aber er fegte ihr Bild eilig beiseite. „Ist ganz schon schwül heute. Bestimmt gibt es später noch ein Gewitter."

Angelos Augen wanderten zu Rick, der mit immer noch angepisstem Gesichtsausdruck vor seinem Spind stand und sein Kostüm herauszog. „Wenn sich die Stimmung unseres Wikingers nicht im Laufe des Abends bessert, ganz bestimmt."

***

Als Fynn frisch geduscht und im Bauarbeiter-Outfit aus dem Waschraum zurückkehrte, standen die anderen Jungs bereits vor dem Samtvorhang, der den Backstagebereich von der Bühne trennte. Von draußen hörte man bereits, wie Mr. D seine Jungs ankündigte.

Liam hob eine Augenbraue. „Heute nimmst du es mit der Pünktlichkeit aber nicht sehr genau, Alter.

Wir dachten schon, dass wir ohne dich anfangen müssen. Rick hätte nur zu gern deinen Part in der ersten Reihe übernommen."

Tatsächlich hätte Fynn länger als sonst geduscht. Und kälter. Diese Sarah ging ihm einfach nicht aus dem Kopf. Sie gefiel ihm, das konnte er nicht verleugnen, und es war eine ganze Zeitlang her, dass ihn eine Frau so richtig interessiert hatte. Dabei war es nicht so sehr ihr hübsches Gesicht oder ihre langen Beine, die ihn faszinierten, sondern vielmehr ihr Lächeln. Und der Ausdruck in ihren Augen. Obwohl sie mit einem reichen und gutaussehenden Kerl wie Hamilton zusammen war, hatte sie traurig ausgesehen. Warum wohl? Verärgert schüttelte Fynn den Kopf. Weshalb machte er sich darüber eigentlich Gedanken? Die Sarahs dieser Welt waren für ihn so unerreichbar wie das Amt des Präsidenten. Was könnte er einer wie ihr schon bieten? Und draußen warteten eine ganze Menge anderer Frauen auf ihn. Auf die sollte er sich konzentrieren, und nicht auf die Freundin eines reichen Lackaffen.

„Es geht los." Liam gab Fynn einen Schubs, und der stolperte wenig elegant durch den paillettenbesetzten Vorhang. So lässig, wie es ihm nach diesem Auftakt möglich war, schlenderte er neben den anderen Diamond Guys zum Rand der Bühne und stellte sich mit gespreizten Beinen und vor der Brust verschränkten Armen in Position. An das grelle Scheinwerferlicht, das ihn dort erwartete, würde er sich wohl nie gewöhnen. Genauso wenig an die Hunderten von Frauen und Mädchen, die dicht aneinandergepresst an Tischen vor der Bühne saßen und sich beim Anblick der neun durchtrainierten Jungs die Seele aus dem Leib kreischten. Fynn jedoch hatte nur Augen für eine. Denn Hugh Hamiltons Freundin saß an einem Tisch direkt vor der Bühne. Mit einer dunklen Hornbrille auf der Nase – und einem weißen Schleier auf dem Kopf.

The Diamond Guys: Fynn.
Ab April 2015 erhältlich auf Amazon!

6123301R00145

Printed in Germany
by Amazon Distribution
GmbH, Leipzig